JN107193

声なき王の秘密の世継ぎ

エイミー・ラッタン 作

松島なお子 訳

ハーレクイン・イマージュ

東京・ロンドン・トロント・パリ・ニューヨーク・アムステルダム
ハンブルク・ストックホルム・ミラノ・シドニー・マドリッド・ワルシャワ
ブダペスト・リオデジャネイロ・ルクセンブルク・フリブール・ムンバイ

THE SURGEON KING'S SECRET BABY

by Amy Ruttan

Published by Harlequin Japan, a Division of K.K. HarperCollins Japan, 2024

エイミー・ラッタン

カナダのオンタリオ州トロントの郊外で生まれ育つ。憧れのカントリーボーイと暮らすために大都会を飛び出した。2 人目の子供の誕生後、ロマンス作家になるという長年の夢をみごとに実現。パソコンに向かって夢中で執筆しているとき以外は、3 人の子供たちの専属タクシー運転手兼シェフをしている。

主要登場人物

レーガン・コート……………………外傷外科医。

マイケル・マクニール………………レーガンが勤務する病院の外科医長。

ピーター………………………………レーガンの息子。

ドクター・ダン・ブラッチオ………ピーターの主治医。小児科医。

ドクター・ブルーニ…………………ピーターの手術の担当医。小児循環器専門医。

ソフィー………………………………ピーターの担当看護師。

ケイナン・ラスカリス………………ピーターの父親。イスラ・エルモサの新国王。外傷外科医。

マテオ…………………………………ケイナンの父親。イスラ・エルモサの先々代国王。故人。

アリアナ………………………………ケイナンの母親。故人。

アレクサンダー………………………ケイナンの異母兄。イスラ・エルモサの先代国王。故人。

アンドレアス…………………………ケイナンの警護責任者。

ディエゴ………………………………ケイナンの警護副責任者。

ドクター・ショー……………………ケイナンの主治医。耳鼻咽喉科医。

プロローグ

戦乱の国　イスラ・エルモサ

「血液製剤がいるわ――いますぐ！」レーガンは振り向いて叫んだ。その瞬間、また大きな爆発音がして、野戦病院が激しく揺れた。

　診察台には負傷した兵士が服を脱がされた状態で横たわっている。レーガンは瞬時に彼の上に覆いかぶさり、破片物や粉塵《ふんじん》から守った。

　一年以上、この戦乱の地で医療に従事してきたレーガンにとって、自分の体で患者をかばうのは当たり前になっていた。

　イスラ・エルモサはかつては美しい平和な国で、大西洋の楽園として観光客に人気があった。七百年以上前にスペインとギリシアからの入植者によってつくられた国は美しい砂浜を擁し、空高く伸びる椰《や》子《し》の木が多く立ち並んでいた。

　だがいま、浜辺の椰子の木は焼け焦げた姿になり、青空は首都から立ちのぼる煙で黒ずんでしまっている。粉塵が空気を満たし、息が苦しい。

　こんなふうに野外で医療を施すのは理想的ではない。しかも、海岸地帯は息が詰まるほど蒸し暑く、テントの中にいても暑さをしのげるわけではない。ちゃんとした医療施設で治療にあたるのが望ましいが、それは不可能だった。国土のほとんどを反乱軍によって占領され、カナダの平和維持軍は国王支持派の人々――もはや統治者として機能していないアレクサンダー国王をいまも支持している人々とともに、街から締め出され、沿岸部に追いやられていた。

　砲撃がやみ、レーガンは負傷した兵士の治療を再開した。カナダ軍所属の外傷外科医であるレーガンは、これまで戦争によって引き裂かれた国の現実を目の当たりにしてきた。彼女は軍に入隊後、研修を終えるとすぐに現地任務についた。それは国に貢献し、自分の価値を認めてもらいたかったからだ。

認めてもらいたかったって、いったい誰に？

レーガンは心の声を無視し、手元に集中した。もうそんなことはどうでもいい。契約した服務期間がもうじき終わるのだ。私はカナダへ戻り、トロントで専門医としての勤務を再開することになる。

トロントへ戻ったあと、仕事以外に何をすればいいのか、レーガンにはわからなかった。ここでは、空いた時間に同僚とカードゲームをしたりして楽しく過ごしてきた。チームの中に連帯感があった。でもトロントにそういう仲間はいない。ここで一緒に働いてきた人たちは、レーガンにとって家族同然だった。とはいえ、レーガンの実の家族は冷たい人たちで、彼女の生活にほとんど関わっていなかったが。

ここで一緒に過ごした人たちこそが私の家族だ。トロントに戻ったら、また独りぼっちになってしまう。

生まれ育ったなじみのある場所という意味では、トロントは故郷と言える。戻れば仕事もある。でも、出迎えてくれる家族はいない。両親はもうそこに住んでいないのだ。

レーガンが軍務に服しているあいだに、両親は仕事を引退し、暖かい地域へ引っ越してしまっていた。レーガンは、自分が生まれ育った家が売却されたことすら知らなかった。両親に送った手紙が〈宛て先不明〉で返送されてくるまでは。

カナダ軍だけが私を必要としてくれた。でも、もうトロントに戻らなくてはならない。契約した任期を全うしたし、トロントの勤務先から許可された休職期間も終わりに近づいている。

この地でできた友達も、きっとすぐに私のことを忘れてしまうだろう。レーガンはそう思った。いままで人との関係が長く続いたことはない。とはいえ、それを気に病んだこともなかった。人に寄りかかるのはいやだからだ。

それは両親の教えだった。彼らはレーガンに、人に頼らず、自分で人生を切り開けと教えた。だからレーガンはそのとおりにした。

誰かがそばにいてくれたらいいのに。

一瞬、そう願ってしまった自分に、レーガンはいら立ちを感じた。

しっかりするのよ、レーガン。

いまは感傷的になっている場合じゃないわ。

「お探しの血液製剤だよ」深みのある低い声が聞こえ、レーガンの体がすぐに反応した。

イスラ・エルモサで最も優秀な外傷外科医であるケイナン・ラスカリスが隣に立っていた。彼がそばにいると、レーガンはいつも落ち着かなくなる。まるで心に隠した痛みや不安をすべて見透かされているような、無防備な気分になってしまうのだ。

こんなふうに、いい意味でどぎまぎさせてくれる男性と出会うのは本当に久しぶりだ。

「ありがとう」レーガンはケイナンのほうをほとんど見ずに言った。

イスラ・エルモサへ来たばかりのころ、レーガンは彼と距離を取ろうと努めていたが、うまくいかなかった。個人的なことはほとんど話さないのに、彼はレーガンの心の中へ入り込んできた。彼といると楽しかった。そして、彼はとてつもなく優秀な医師だった。

ケイナンは血液製剤をスタンドにぶら下げた。その落ち着いた動きは、背後で起きている戦争の混乱を掻《か》き消すようだった。

ケイナンが近くにいると、テントの狭苦しさを痛感してしまう。それでもレーガンは彼のおかげで集中することができた。

〝なぜ、そんなに落ち着いていられるの？〟砲弾が飛び交うなか、初めて一緒に負傷者の治療をしたとき、レーガンは彼に尋ねた。

〝砲撃音を意識から締め出して、無視するんだよ。雷とかそういうものだと思って、目の前の患者に意識を集中させる。患者の人生を想像して、その人を愛する人たちのもとへ帰すという自分の役割に集中するんだ〟

そのやり方は効果があった。彼が言ったとおりにしたら、レーガンはよく集中できるようになった。

ケイナンと一緒に働けなくなるのは寂しい。

「手伝ったほうがいいかな、ドクター・コート？」ケイナンはそう尋ねたものの、すでに手術用手袋をはめていた。

もし、これがケイナンではなくほかの医師だったら、レーガンは大声で指示を出していたかもしれない。レーガンはチームのほとんどの医師より優秀だったから。だがケイナンには、敬意を抱かずにはいられない何かがあった。

ケイナンの申し出を断ることなどできないし、したくもなかった。彼は手術中、尋ねるまでもなくレーガンが必要なものを理解してくれている。まるでレーガンのもう一つの手のようだった。

「ありがとう」レーガンは言った。「ほかは誰も手が空いていないの？」

「ああ。最後に聞いた報告によると、戦闘がやんで、反乱軍の部隊は撤収しようとしているらしい」

ケイナンはそう言うと、レーガンとともに負傷兵の処置を行った。

彼は首を振り、舌打ちをした。「こんなこと、起こるべきじゃなかったんだ」

「そうね」レーガンは言った。

かつては平和だった島の王国で内戦が勃発した理由について、レーガンはよく知らなかった。知っているのは、父親亡きあと王位を継いだアレクサンダー王と関係があることぐらいだ。

先代のマテオ王は、イスラ・エルモサがカナダと友好関係を築き、貿易協定を締結するのに貢献した。

彼は五十年以上ものあいだ、優れた統治者として君臨していた。だが彼の長男であるアレクサンダーは、そこまで優れてはいなかったようだ。

反乱が起きたとき、イスラ・エルモサはカナダに支援を要請し、カナダは応じた。

それが、レーガンがここにいる理由だった。

「早く終息してほしいわ」レーガンは脾臓《ひぞう》の修復術を終えつつ言った。「昨夜、満期除隊の通知が届いたの。私、明日にはここを発《た》つわ」

「そんなにすぐ？」

ケイナンの声には失望が滲《にじ》んでいて、レーガンの心臓が早鐘を打った。

舞い上がっちゃだめ。特に意味はないんだから。私が腕のいい医師だから、そう言っただけよ。

迫撃音が遠くなっていき、テントの護衛のために伏せていた兵士たちが動き始めた。戦車が粉塵を巻き上げながら、そばを通り過ぎていく。

レーガンは小声で悪態をついて、再び患者の体に覆いかぶさった。

ケイナンもそうしてくれた。二人で患者の体を覆いながらレーガンは、近くにある彼の体を意識せずにはいられなかった。

「君は最後までいてくれると思っていた」戦車のうなりが消えると、ケイナンは言った。

粉塵の飛散がおさまり、二人は作業を再開した。

「後任の部隊がやってくるから交代するの。イスラ・エルモサが再建するまで彼らがここにいるわ」

「時間がかかるかもしれない」ケイナンは暗い声で

つぶやいた。「僕は、イスラ・エルモサが立ち直れるのかどうかもわからないよ」

「立ち直ってほしいわ。あまりにも多くの血が流されてしまったのだから」

「そうだな」彼の声には悲しみが滲んでいた。

レーガンは思った。この内戦で、ケイナンは大事な人を失ったのだろうか？　一緒に治療にあたるとき、私とケイナンは息がぴったりだった。でも話すのはあくまで負傷者の救護や処置のことで、私生活について尋ねたりはしなかった。

レーガンはそれでも構わなかった。

彼のことをほとんど知らなくても、二人の間には仲間意識があった。二人はここでともに戦争を経験し、兵士や市民の応急処置にあたった。彼は友人だ。会えなくなるのは寂しい。

「君と一緒に働くのが当たり前になっていたよ」ケイナンは言い、濃い色の瞳でレーガンを見つめた。

レーガンの胸が高鳴った。同時に、彼が自分にもたらす影響に戸惑いも覚えた。

彼女はサージカルマスクをつけたままほほ笑んだ。

「私もあなたと一緒に仕事するのが好きだったわ。でも、どうやらこれが最後みたい」

ケイナンはうなずいた。「そのようだ」

レーガンは処置を終え、切開創を縫合し始めた。この負傷兵は、ここから一番近い病院があるスペインへ搬送されることになるだろう。少なくとも病院に辿《たど》り着くまでは、命を落とす危険はない。

搬送の準備をし、待機していたヘリコプターまで兵士を運ぶあいだ、レーガンとケイナンは言葉を交わさなかった。ヘリコプターはアメリカ軍の航空母艦へ向かい、そこからは医療用航空機が彼をスペインまで運んでくれる。

レーガンはサージカルマスクと手袋を外すと、疲労でため息をついた。平和維持軍が海岸地帯へと追いつめられてから、およそ二十四時間ぶっ通しで働いている。いまは夕方前で、太陽は照ってはいないものの うだるように暑く、海に飛び込んで体を冷やしたくなる。

ケイナンは、古代都市の門がそびえ立つ丘をじっと見上げていた。煙が立ちのぼる街を、険しい顔で見つめている。

「つらいわね」レーガンはささやいた。

レーガンはケイナンに、あなたの気持ちはわかると言ってあげたかったが、実際はわからない。生まれ育った国がめちゃくちゃになり、すべてを破壊されるのがどんな気分か、わかるはずもないのだ。

「君は大丈夫かい？」ケイナンが尋ねた。

レーガンは目を閉じてかぶりを振った。「私のことは心配しないで。ただ疲れただけだから」

彼は頭を傾け、焦げ茶色の瞳を向けた。熱いまなざしが体の芯まで届き、レーガンは彼の波打つ豊かな栗色《くりいろ》の髪に手を差し入れたくなった。

「疲れだけじゃないだろう。悲しみも感じているね」

「ここを出ることを考えるとね。それに……」レーガンは言いよどんだ。

ケイナンに打ち明けたくはなかった。友人だと思える人たち――自分にとって家族同然だった人たちを置いて、トロントの孤独な生活に戻るのが悲しいなんて。

「仕事を途中で投げ出すのはいやなの。やることはまだたくさんある。でも、私の任期は終わったわ」

ケイナンはため息をつき、髪を掻き上げた。「そうだな。時間がかかるだろうが、イスラ・エルモサはきっと立ち直る。過去にも内戦や争いはあったが、この国は試練を乗り越えて存続してきたんだ」

レーガンはほほ笑み、二人は無言でテントに戻った。重傷者はおらず、軽傷者を搬送する準備が行われていた。

「コート大尉、あなたは正式に任期満了となりました」スマート少佐が、テントにやってきてそう言った。「すばらしい仕事ぶりでしたが、我々はここから引き揚げます。後任の部隊が到着しているのであなたは休んでください」

「私はいつ出発するんですか、少佐？」レーガンは尋ねた。

「一時零分です。それまで少し休むように。これは命令です」

レーガンはスマート少佐に敬礼し、しばらくそこに立っていた。彼女は任務を解かれ、午前一時にはイスラ・エルモサを出発し、カナダのペタワワ基地で正式にカナダ軍から除隊することになる。

「おなかはすいているかい？」ケイナンが訊《き》いた。

「食事と休憩が必要なようだ」

「そうね。でもあなた、政府軍と一緒に移動しなくていいの？」

「まだ時間はある」

レーガンはにっこりした。「この数カ月間ですっかり慣れてしまったわ。あなたにそばをうろうろされて、邪魔をされるのにね」

ケイナンはいたずらっぽい笑みを浮かべた。その笑みはいつもレーガンの胸をときめかせた。もし、ここが戦地じゃなかったなら……でも、私たちは戦争のさなかにいるのだ。ケイナンを好きになってはいけない。私は数時間後にはここを去り、また彼に会えるかどうかもわからないのだから。

「君の笑顔は美しい、レーガン」

レーガンの頬が赤くなった。「えっ？」

「君は僕にほほ笑んではくれないね。いつも真剣な顔をしている」

「だっていまは戦争中なのよ。笑う気分にはなれないわ」

ケイナンは動きをとめてレーガンの手を取り、真剣なまなざしを向けてきた。

「疲れているようだ。睡眠と食事が必要だな」

「私は平気よ」

「来てくれ」

ケイナンはレーガンのウエストに手を添え、食堂テントへ連れていった。

レーガンはくたくただったので、ケイナンに食べ物と魔法瓶に入ったコーヒーを持ってきてもらった。だがケイナンはレーガンをテーブルには着かせず、外へといざなった。

「どこへ行くの？　浜辺は兵士でいっぱいよ」

「浜辺には行かない。僕のテントの近くへ行こう。日陰だし、安全だからね」

「さっき砲撃があったじゃない」レーガンはそう言いながら、彼の隣を歩いた。

「反乱軍は兵を引き、一時休戦になった。しばらくは平穏に過ごせるだろう」

ケイナンのテントはイスラ・エルモサ軍基地の端にあり、迷彩柄のネットがかけられていた。二人は日よけシェードの下に座り、大西洋から吹いてくる風を感じた。

「さあ、これを飲んで」ケイナンはコーヒーをレーガンに渡した。

「私、休んだほうがいいんだけれど」

レーガンは濃くて甘いイスラ・エルモサのコーヒーをすすった。

「いまベッドに入ったら、輸送機が来るころにはもっと疲労を感じることになるよ。ストレスを感じていると眠れないからね。だから、まずはリラックスして一息つくんだ」

「わかったわ」

「君がいないと寂しくなる」ケイナンは悲しげにほほ笑んだ。「君はすばらしい友人であり、優秀な医師だ。君と一緒に働けて楽しかったよ」

レーガンは驚いたが嬉《うれ》しかった。そして彼の手を握った。「私もよ」

「本当かい?」彼は驚いて言った。

「もちろん」

「嘘《うそ》かと思ったよ。君は僕が近くにいると、心を閉ざすときがあるから」

「だったらなぜ、私がいなくなったら寂しいの?」

ケイナンはにっこりした。「君は勇敢で、共感力があって……」

「私は心を閉ざしているって、いま言ったじゃないの」レーガンはからかった。

「君は思いやりを持って患者に接している。温かい心の持ち主だ」

レーガンは再び頬を染めた。「ありがとう」

「それに君は美しい」

彼は親指でレーガンの指の関節を撫《な》でた。彼の手は過酷な環境のせいで荒れていた。だがとても力強い、外科医の手だった。彼のさりげない愛撫《あいぶ》はレーガンを落ち着かせ、同時に興奮させた。

「君ほど美しい兵士は見たことがない」

彼は瞳をきらめかせてほほ笑んだ。無精ひげの生えた頬にえくぼができる。

レーガンの顔が熱くなった。こんなふうに褒められるのは初めてで、どう受け止めていいのかわからない。

〝どうしていちいち私に訊くの、レーガン? 煩わせないでちょうだい〟

母の辛辣な声が耳の中でこだまする。

母親のこと、そして親から十分に愛されなかった子供時代のことを思い出し、レーガンは震え始めた。

「震えている」ケイナンはレーガンの体を引き寄せ、小さな声で尋ねた。「どうしてだい?」

「疲れただけよ」嘘だったが、いまは母のことを考えたくなかった。

ケイナンはレーガンを抱き締めた。レーガンは彼の胸に顔をうずめ、彼の匂いを吸い込んだ。心が落ち着く。人との触れ合いをこんなにも欲していたなんて、いままで気づかなかった。

「私たちが引き揚げたあと、あなたはどこへ行くの？」彼にしがみついたままレーガンは尋ねた。

「前線だ」彼はきっぱりと言った。「今夜行くよ」

前線は危険だ。一時的に休戦しているとしても、首都ヘリシアは、いまやがれきと地雷と爆弾だらけの混沌《こんとん》の地と化している。ケイナンに何かあったらと思うと、レーガンは怖くてたまらなくなった。

「また体が震えているね」彼はレーガンの背中をさすった。

「あなたが今夜前線に行くことが心配なの」レーガンは彼の顔を見上げた。「危険だわ」

彼はにっこりした。「大丈夫だよ。僕は君のほうが心配だ」

「私は軍用輸送機に乗ってカナダに帰るのよ」

「何も起きないとは限らないよ。それにカナダはここから遠い。一つの大洋が僕らを隔てるんだ」

ケイナンはレーガンの頬を撫で、涙をぬぐった。そして彼女にキスをした。優しいキスはしだいに激しさを増していったが、とてもすてきだった。レーガンは彼のシャツの襟をつかんで、無我夢中でキスを返した。

「すまない」彼は唇を重ねたまま、苦しげにつぶやいた。「こんなことをするなんて……君がそばにいるのが当たり前になっていたから、もう会えないと思うと……」

レーガンはキスをやめるべきだとわかっていたが、いまはただ感じたかった。彼に惹《ひ》かれる気持ちに屈したかった。

「謝らないで――それに、やめないでちょうだい」

レーガンはもう一度キスをして、彼の髪を手ですいた。

「レーガン、やめないとだめだ」

「なぜ？」

「僕は前線へ向かい、君はここを去る。僕たちにどんな未来があるというんだ？」

「未来なんてないわ。でも私、あなたに未来を求めてはいない。今夜はただ感じたいの。あなたとの繋《つな》がりを感じたい。あなたと出会ってから、自分の気持ちをずっと抑え込んできたの」

彼はレーガンを見つめたままうなずいた。「僕もそうだ」

「だったら、やめないで」レーガンは彼を引き寄せ、唇を重ねた。

彼は立ち上がり、レーガンの体を引き上げた。

「おいで」

レーガンは、ケイナンにカナダ軍基地へ連れ戻されると思っていたが、彼はそうはせず、自分のテントの中へ彼女を連れていき、強く抱き締めた。

「君が欲しくてたまらない、レーガン。初めて会ったときからずっと欲しかった。だが僕は、守れない約束をしたくないんだ」彼はレーガンの耳元でささやいた。

「何も約束する必要はないわ。私はただこれが欲しいの」

「君がそう望むなら」ケイナンはそう言うとレーガンにキスをして、腕の中で彼女をとろけさせた。

外は暗いが、人が動く音が聞こえた。これから前線へ移動するのだ。レーガンは小さな簡易ベッドの中で寝返りを打ち、腕時計を見た。午前零時だ。あと一時間で輸送機が出発する。荷造りをして集合場所へ行かなければならない。

ケイナンはすでに起きて軍服に着替えていた。野戦病院ではめったに軍服姿を目にしなかったから、少し非現実的な気がした。彼が危険な目にあうかもしれないと思うと、胸が締めつけられた。

「いま起こそうとしていたところだよ」彼は優しい声で言った。

「眠り込んでしまってごめんなさい」

「いいんだ」彼はかがんでレーガンにキスをした。

「次に出発する部隊と一緒に前線へ向かうよ。街で戦闘が起きて負傷者が出ているから、僕が行かないと」

「一時停戦になったんじゃなかったの?」レーガンはしわくちゃになった服を慌てて着た。

「そうなんだが、街に反乱部隊が潜伏していたらしい。じきにおさまるとは思うが」

ケイナンがそう言うと、レーガンの背筋に震えが走った。

着替えを終えたレーガンをケイナンは抱き締めた。

「無事でいてね」レーガンはそうささやくと、ケイナンの匂いを吸い込んだ。彼と過ごした一瞬一瞬を、記憶に刻みつけておきたかった。そして心の中で、彼の無事を天に祈った。

「君も無事でいてくれ。僕の美しいレーガン。君を決して忘れない」ケイナンはもう一度レーガンにキスをした。「さあ、そろそろ行こう」

二人はケイナンのテントを出た。カナダ軍基地へ着くと、兵士たちがイスラ・エルモサ軍とともに出発する準備を進めていた。

「あなたを決して忘れないわ」レーガンは言った。

ケイナンを忘れられるわけがない。彼は、私がつけた仮面の下まで見透かしているようだった。彼は危険な雰囲気を漂わせながらも心優しく、そして極めて優秀な医師だ。

彼と一緒に働くのが、どれほど誇らしかったことか。

「僕も忘れない」

ケイナンはレーガンの手にキスをして、待機している大型の装甲車へ歩いていくと、背面から乗り込んだ。装甲車はエンジンをとどろかせながら、レーガンに手を振るケイナンを乗せて暗闇へ消えていった。

どうか、彼が無事でいられますように。

レーガンはほかの外科医と共有していたテントへ戻った。荷造りをし、輸送機が来るのを待った。

午前一時を過ぎたころ、食堂テントのラジオから音声が流れた。

「爆撃発生。政府軍の医療用車両が襲撃され、全員が死亡」

岩が落ちてきたような衝撃だった。みぞおちが締めつけられ、レーガンは目を閉じて唇を噛《か》んだ。

ケイナンが乗った車じゃないかもしれないわ。

レーガンは基地にとどまり、死亡者リストにケイナンが載っているか確かめたかったが、輸送機が到着したので出発せざるを得なかった。

輸送機で港へ移動し、待機していたカナダ軍の輸送船に乗り込んだ。船内では自分用の寝台が割り当てられていたが、レーガンは荷物を置くとすぐに、近くにいた指揮官に声をかけた。

「トラヴィス将官、エルモサ軍の医療用車両に乗っていた死傷者のリストをお持ちですか?」

将官はかぶりを振った。「全員のリストは持っていない。だが、君が何を知りたいかはわかっている。残念だ、ドクター・コート。君はドクター・ラスカリスと一緒に働いていたんだろう? 彼の名前が死亡者リストにあった。仕掛け爆弾の破裂が原因だ。宮殿のそばで彼の認識票が見つかった」

レーガンの胃がねじれた。彼女は船の端まで駆けていき、輸送機の中で食べたものを海へ戻してしまった。

トラヴィスはレーガンの背中を軽くさすった。

レーガンはうなずいて、なんとか涙をこらえた。

「残念だ、大尉」

こういうことになるから、私は人と距離を置いて、誰にも心を開かないようにしてきたのだ。親密になったとたん、その人はいなくなってしまうから。

ケイナンは私が築いた防御の壁をすり抜けて中へ入り込んだ。でも彼は死んでしまった。

私は独りぼっちだ。

最初からわかっていたはずだった。私は、孤独でいることを運命づけられているのだ。

それを肝に銘じて、誰とも関わらずにいればよかった――そのほうが、心はずっと楽だったはず。

1

一年後　トロント

レーガンは病院の廊下をぼんやりと歩いていた。コーヒーをいくら飲んでも目が覚めない。長いシフトだったし、昨夜は幼い息子の具合がよくなかった。小児集中治療室にある付き添い用の簡易ベッドは寝心地がいいとは言えない。空き時間があれば自宅に戻って、シャワーを浴びてきたいところだ。

問題は、誰もレーガンに空き時間をくれないことだった。

レーガンと息子のピーターには、頼る人が誰もいなかった。

一年前、レーガンはケイナンの腕の中で忘れがたい夜を過ごした。そしてケイナンは前線に行き、国のために命を落としてしまった。

レーガンはからっぽの心を抱え、独りぼっちでトロントの生活に戻った。

だが、結果的に独りぼっちではなくなった。あの一夜の交わりによって、ケイナンの子供を妊娠したからだ。

それは最高の贈り物だった。

レーガンは息子に、自分が過ちの産物だと思ってほしくなかった。レーガンが両親に抱かされてきた感覚を抱いてほしくなかった。

レーガンの両親は、レーガンが何をしても、喜んだり褒めたりしない人たちだった。

父はもともと子供を望んでいなかった。レーガンを妊娠した妻を捨てはしなかったものの、妻にも娘にもつねによそよそしく、冷淡だった。そのうちレーガンの母は、夫婦仲が冷めたのをレーガンのせいにして、彼女に怒りを向けるようになった。

でも孫ができるとなれば、両親の態度も変わるのではないだろうか。そんなわずかな期待を、レーガンは抱いていた。

だが、期待外れに終わった。

レーガンが状況を伝えたとき――妊娠したが、子供の父親は亡くなっていることを伝えたとき、母の反応はとても冷たく、辛辣だった。

〝さっさと始末をつけたほうがいいわ、レーガン。一人で子供を育てるなんて無理よ〟

〝私はおろしたりしないわ、母さん〟

〝じゃあ、私にどうしてほしいというの?〟

正直なところ、レーガンにもわからなかった。

両親にとって、レーガンはいつだって重荷でしかなかった。二人がレーガンを育てたのは、法的に義務を負っていたからにすぎなかった。

〝私は自分が犯した過ちから逃げたことはないわ。だからあなたを育てたの。それに当時は、中絶は選択肢になかったしね〟

私は母にとって過ちだったのだ。それを何度も何度も聞かされるのはつらかった。

レーガンは飲んでいたぬるいコーヒーに意識を向けた。

私は子供を持つつもりはなかった。だけど、自分の行動には責任を持たなければならない。一人で子供を育てている人はたくさんいる。だから私もそうする。私は絶対にピーターに、自分のことを義務だとか過ちだとか、そんなふうに感じさせたりしない。

だが、ピーターの誕生の瞬間――人生で最も喜ばしいはずのそのときは、すぐに悪夢へと変わったのだった。

研修医として病院で何年も経験を積み、そしてカナダ軍所属の医師として被災地や戦地で過ごすなかで、レーガンは病気の子供――それも重篤な状態の子供たちをたくさん目にしてきた。彼女の心の奥深くには、いつか子供を産んだら、その子に何か悪いことが起きるのではないかという恐怖がいつもあった。

そして、それが現実になった。

〝赤ちゃんを見せて！〟出産を終え、ほっとしたレーガンはそう叫んだ。

だが、医師は一人も返事をしてくれなかった。主治医であるマリサはレーガンを見もしなかった。そのときレーガンは気づいた。赤ん坊が泣き声をあげていないことに。

〝いったいどうしたの？〟

レーガンが首を伸ばすと、マリサは振り返り、赤ん坊を抱いた男性医師を見つめた。彼が抱いた新生児は青ざめていて、ほとんど動かなかった。

数時間たってやっとわかったのは、赤ん坊は心筋症を患っていて、退院できないということだった。ケイナンと過ごした時間を思い出させてくれる唯一の存在は、全米臓器配分ネットワーク《UNOS》の待機患者リストに載せられ、病院で新しい心臓を待つことになった。

　頑張って準備した子供部屋は、いまだ使われていない。レーガンは仕事の合間にアパートメントへ戻ったときも、その部屋を見ることができずにいた。

考えちゃだめよ。それに、ケイナンのことも考えちゃだめ。

　ケイナンの死からもう一年たっているのに、いまでもまだ彼のことを考えてしまう。というのも、ピーターはケイナンにとても似ているから。そしてレーガンは思わず、もしケイナンが生きていたらと考えずにはいられないのだった。

　レーガンはケイナンと出会う前、何人かの男性と付き合ったことがあった。すべて破局に終わったが、いつも原因はレーガンだった。レーガンは相手を信用することができなかった。心の奥底に恐怖を抱いていたからだ。相手が失望して自分を捨てるのではないか、心を粉々にされるのではないかと、いつもおびえていたのだ。

「レーガン、睡眠不足みたいだな」

　レーガンは疲れた目をこすり、外科医長のマイケル・マクニールを見た。彼は中央デスクにかがみ込んでカルテを読んでいた。

　マイケルはレーガンのよき理解者だ。彼はレーガンが研修医だったころの指導教官で、技術の幅を広げるためにカナダ軍への入隊を勧めてくれたのも彼だった。レーガンが妊娠を職場に伝え、ピーターを出産してからも、マイケルはずっと親身になってくれ、レーガンが働かなければならないこともよく理解してくれていた。

　いま、マイケルはレーガンに憐《あわ》れみの目を向けている。ほかの人たちと同じように。レーガンは憐れみをかけられるのはいやだった。

「小児集中治療室に、もっといいベッドが必要だわ」レーガンはあくびをこらえてつぶやいた。

「新しい仕事だが、本当にやってくれるのかい？」

レーガンはうなずいた。この仕事が必要だった。報酬がいいし、診療に時間を取られなくてすむ。いまのレーガンには手術をたくさんこなす時間はない。ＵＮＯＳからいつ電話がかかってくるかわからないし、何よりピーターのそばにいたい。

私にはピーターしかいない。

睡眠不足だが、働かなければならない。働いていれば正気を保てる。それに、レーガンはこの新しい仕事が楽しみだった。時間の融通が利く仕事だからだ。

「ええ、やります」レーガンは中央デスクの向こう側へ行き、プラスチックのカップにコーヒーを注《つ》いで蓋をした。

「よかった。君はずっと大変な思いをしてきたし――」

レーガンは手を上げてマイケルの言葉を遮った。

「マイケル、私は大丈夫。私には仕事が必要なの。仕事が好きなのよ。それに、アメリカ手話を使えて、なおかつ時間に余裕があるのは私だけだし」

「加えて君は、イスラ・エルモサで働いていたこともある」マイケルはカルテを置いて言った。

レーガンの鼓動が速くなった。「赴任してくる専門医って、イスラ・エルモサ出身なんですか？」

マイケルはうなずいた。「カナダ政府が彼を亡命者として受け入れたんだ。彼の仕事は意義のあるものだから。それに彼は優れた指導者でもある。うちの医学生たちにとって貴重な経験になるはずだ」

「私、その人と仕事したことがあるのかしら」レーガンは苦いコーヒーを一口すすった。カフェインが効いてきている。戦地ではたくさんのエルモサ人医師と働いた。とはいえ、ケイナンのような人はほかにいなかった。

ケイナンのような人など、いるはずがない。

いまは彼のことを考えてはだめ。

「どうかな。彼の亡命は、カナダ政府の強い意向だったんだ。僕は何度かメールでやりとりしたが、彼をチームに迎えられてわくわくしているよ」

「会うのが楽しみです。声が出せないのに、外科顧問を引き受けるなんて立派だわ」

イスラ・エルモサの戦地に、声が出せない医師がいたかどうかは覚えていない。あそこで経験したことを思い出すと、すべてがいささかぼんやりしている。たった一つを除いては……。

「以前は声が出せたんだよ。前線で負傷し、気管チューブの挿入位置が不適切だったせいで、声帯を損傷したんだ。まったく声が出なくはないらしいが、ほんの少しだ。年末にはこの病院で矯正手術を受けることになっているが、当面は君にサポートを頼みたい」

「もちろんです」レーガンは言った。「彼は私の息子のことを知っているの？　私が時間の融通が利く仕事を求めていることも？」

「勤務時間を柔軟に調整したがっているとは伝えたよ。ピーターのことは、君が話したければ直接話せばいい」

レーガンはほっとして息をついた。「ありがとう」

誰かと知り合うたびに、ピーターの病気についていちいち説明するのはうんざりだ。新しくやってくるその人に、ピーターのことを知らせる必要はない。ただ、私が調整可能なスケジュールを求めていることだけを知っていてくれればいい。そしてそれは、マイケルがすでに伝えてくれている。

二人はマイケルのオフィスへ向かった。エルモサ人医師とそこで顔合わせをし、一緒に仕事を始める予定になっている。

「じゃあ私は、手話を通訳して生徒に伝えればいいのね。彼が声帯を酷使しなくてすむように」

マイケルはうなずいた。「僕のオフィスで準備をしてくれて構わない。生徒たちは昼食をとってから、一時にやってくる」

「わかりました、医長」

マイケルはにっこりして、優しい声で言った。

「みんな君の味方だってことはわかっているね？ できることがあればなんでも……」

レーガンはすばやく首を振った。「私は平気よ」

「本当に？」マイケルはまた憐れみの表情を浮かべた。レーガンがいやでたまらない表情だ。

「ええ、大丈夫よ。だから仕事をさせて。忙しくしていたいの」

マイケルはレーガンの頭のてっぺんにすばやくキスをした。「ピーターはきっと元気になる」

レーガンは瞬《まばた》きで涙を抑えながらうなずいた。ピーターのことに触れられると、必ず涙が込み上げてしまう。でも、いつだって抑え込んできた。ピーターのため、そして自分のために強くいなければいけないからだ。

「いいかい？」マイケルが尋ねた。

「ええ」

レーガンは作り笑いをした。

マイケルはうなずいてオフィスのドアを開けた。中へ入ると、エルモサ人医師の背中が見えた。レーガンは心の隅で何かが引っかかるのを感じたが、それがなんなのかわからなかった。視界がぼやけているだけなのかもしれない。ひょっとしたら睡眠不足のあまり眠ってしまい、夢を見ているのかもしれない。

レーガンは震え始めた。

「ドクター・ケイナン・ラスカリス。紹介するよ。この病院で君と一緒に働くドクター・レーガン・コートだ」

振り向いた亡霊は、ぎょっとして濃い色の目を見開いた。彫りの深い美しい顔は傷跡だらけで、喉には気管チューブを挿入された跡がある。まるで掻《か》き切られたかのようなひどい傷跡だ。ダークブラウンの波打つ髪はきれいに整えられているが、白髪が交じっている。彼は年をとった。戦争のせいだ。それでも、いまもうっとりするほどハンサムだった。

彼は何か言おうとするかのように口を開いたが、すぐに閉じて唇を引き結んだ。

レーガンが握り締めたカップのコーヒーが揺れ始めた。世界がぐるぐると回転し、感情の抑制が効かなくなってくる。

〝自制心を失わないようにしなさい、レーガン。誰にも弱みを見せてはだめ。さもないと、つけ込まれてしまうわ〟

母の声が頭の中で鳴り響いた。

「ケイナン？」信じられずに甲高い声を出していた。

「君たちは知り合いなのか？」マイケルが尋ねた。

レーガンは、ケイナンが落ち着いた低い声で〝そうだ《シィ》〟と答えるのを待った。彼のその声を聞くと、レーガンはいつもとろけそうになった。

だがもちろん、声は聞こえなかった。

ケイナンは声を奪われてしまったのだ。

その代わりに彼はすばやくうなずき、目をそらした。まるで、レーガンがそこにいることにいら立っているかのようだった。

「最後の任務についているとき、イスラ・エルモサで一緒に働いたの」レーガンは答えた。震えているのをマイケルに気づかれないよう、手に力をこめる。

「私たち、息が合ったのよ」

マイケルがほっとした表情を浮かべた。「それはよかった！　じゃあ僕は行くよ。君たちは積もる話があるだろうから」

ドアが閉まる音が聞こえた。レーガンはひたすらケイナンを見つめていた。死んだと思っていた男性を。

彼はレーガンを見たが、以前のようなほほ笑みを向けてはくれなかった。瞳をきらめかせることもなく、ただ冷たい視線を向けている。レーガンは動揺しなかったし、傷つきもしなかった。冷めた視線を向けられるのには慣れていた。とはいえ、ケイナンもこれまで出会ってきた男性――父のように冷淡でよそよそしい男性と同じなのだと痛感し、胸がちくりとはしたが。

「生きていたのね」

〈そうだ〉彼はレーガンを正視せず、手話でそう表した。

「死んだって聞いていたわ」

彼の表情が一瞬和らいだ。〈すまなかった。現場は混乱状態で、僕は数日間、死んだことになっていた〉

「車が爆撃を受けて、あなたの認識票ががれきの中で見つかったって」

〈現場は混乱していたんだ〉

明らかに、彼はそれ以上何も教えたくない様子だった。

レーガンは椅子に腰をおろしてテーブルに着いた。テーブルには書類が積んである。ケイナンのために用意された、この病院の就業に関する案内書類一式だ。仕事に集中して、なぜケイナンが連絡をくれなかったのか考えないようにしたかった。

「誰かに説明はしてもらった？」バインダーの書類に目を通しながら尋ねる。

忙しくしていれば、心臓の激しい鼓動も、手の震えも気にせずにいられる。彼に抱きついて泣きたいという気持ちも抑えられる。

彼はかぶりを振り、レーガンの向かいに腰をおろした。そして咳払《せきばら》いをした。「君から……聞くのが……一番いい」

途切れ途切れの、かすれた声だった。ケイナンは頬を染めた。恥ずかしさからか怒りからかはわからないが、おそらく怒りだろう。

レーガンは知っている。いかなる状況においても、ケイナンはすべてを統制し、指揮をとる立場でいるのを好む。手術の際には彼がつねに中心となって指示を出し、周囲の人間も黙ってついていった。

彼はすばらしい外科医だった。

こんなふうに力を奪われてしまって、彼がいまどれほどの苦しみを味わっているか、レーガンには想像することしかできなかった。レーガン自身も自分の思うままに物事を進めたいタイプだが、ピーターが生まれたときにそうはいかないと学んだ。なんでも自分の思いどおりにできるなんて甘い考えだ。実際にはあり得ない。

いま、怒りを感じているのはケイナンだけではない。レーガンもだった。無事だったことを、私に教えてくれてもよかったのに。私がカナダにいることは知っていたはず。なぜ一度も連絡をくれなかったの？

でも、いまはそんなことを考えている場合ではない。怒りを抑え込み、作業を続けた。これまでずっとそうしてきたように、とにかく前に進むのだ。

「わかったわ」レーガンは半分飲んだコーヒーのカップを置いて、書類を広げた。「一緒にやりましょう」

〈ほかに誰もいないしね〉ケイナンが手話で示した。

冷たい切り返しだった。ケイナンは私に、ここにいてほしくないんだわ。彼はいまの状況に恥ずかしさや怒りを感じているだけじゃない。私に補助されることにいら立っている。

レーガンの背筋がこわばった。

イスラ・エルモサにいたころ、彼が私に抱いていたのは性的興味だけだったのだ。いっときの交わりを求めていただけで、もう一度会いたいなんて思っていなかった。私を利用していただけなのだ。

でも、私だって同じだったんじゃないの？

とにかく、拒絶されたぐらいで出ていくわけにはいかない。私にはやるべき仕事がある。それに、ケイナンとの交わりの結果、私は宝物を手に入れた。ピーターがやってきたのだ。だから後悔なんてしない。絶対に。

「そうね、ほかには誰もいないわ。アメリカ手話ができて、あなたの補佐をする時間があるのは私だけなの」

〈わかった〉ケイナンは腕を組んで椅子の背にもたれ、レーガンを見つめたが、そのまなざしに怒りやいら立ちはこもっていなかった。どこかすましたような、いたずらっぽい表情だった。

レーガンはその表情を彼の顔からぬぐい去りたくなった。「何？」

〈君がどれほど怒りっぽいか忘れていたよ〉

彼の目に、レーガンがよく知っているきらめきが戻ってきた。張りつめた空気を和らげたいのだろうが、レーガンはそういう気分ではなかった。

「私が怒るのは、人に不愉快な態度を取られたときだけよ」

「すまない」彼はか細い声で言った。

レーガンはバインダーを閉じ、後悔するとわかっていながらも、こう口走っていた。

「私と一緒に仕事するのがそんなにいや？」

ケイナンは不意を突かれた。そもそもこの状況自体がまったくの予想外だった。レーガンがカナダ人なのは知っていたが、カナダは広い国だし、まさかこの病院に勤務しているなんて思わなかった。ケイナンがここを選んだのは単に、主治医である耳鼻咽喉科医のドクター・ショーが勤務しているからだった。

レーガンがこの病院にいることも、アメリカ手話を使えることも、医学実習部門で働いていることも知らなかった。てっきり、どこかの病院の外科病棟にいると思っていた。

レーガンとの再会は大きなショックだった。

ケイナンは自分を抑えなければならなかった。レーガンの姿を見た瞬間、本当は彼女に駆け寄って抱き締め、キスをしたかった。だが、そんなことをするのはふさわしくない。

彼女との再会によって、いくつもの記憶がケイナンの中でよみがえっていた。祖国を引き裂く内乱のさなかだったが、レーガンとともに働いたあの日々は、人生で最も幸せな時間だった。

ケイナンは祖国を愛していたが、従軍するために帰国を強いられたのはつらかった。母親が死んで以来、イスラ・エルモサはケイナンにとって、孤独や苦痛を思い出させる場所になっていた。

彼の人生に、再び喜びをもたらしてくれたのがレーガンだった。

カナダに戻るレーガンを置いて前線へ向かったあのときほど、つらかったことはない。彼女に二度と会えないと思うと胸が引き裂かれそうだった。

だが心残りはなかった。それがいま、状況は一変してしまった。僕とレーガンが一緒になることはあり得ない。僕は父が母にしたみたいに、レーガンから自由を奪って縛りつけるつもりはない。

それでも僕はまだレーガンを求めている。一年間離れて過ごしても、彼女に対する熱い思いが消えることはなかった。

僕はいまでもレーガンが欲しい。後ろできっちりと束ねられた、長くなめらかな茶色の髪。僕がかつて愛撫《あいぶ》した、ほっそりと美しい首。もう一度味わいたくてたまらない唇。

だが彼女に触れることは許されない。声を失ったからだけでなく、自分がいま陥っている危険な状況に、彼女を巻き込むつもりはないからだ。

僕は国を追われた王だ。衰退し、世界から忘れ去られようとしている国の王なのだ。

ケイナンは命を狙われていた。彼は命と引き換えに責任を負うことは構わなかった。イスラ・エルモサが崩壊したのは、自分のせいでもあると感じていたからだ。

彼は兄のアレクサンダー王をいさめることができなかった。努力はした。だが兄は、父が五十年間統治してきた国を、たった半年でめちゃくちゃにしてしまった。

そしてケイナンは傷だらけの国の王となり、いまは祖国ではなくカナダにいるのだった。まずはオタワに滞在し、けがの治療と回復に努めた。ここトロントでは病院で仕事をしつつ、手術を受ける予定だ。手術はリスクが高く、成功すれば声を取り戻せるが、失敗すれば命を落とす可能性がある。

それでも、国を統治するには声が必要だ。国王であるケイナンは国に対して義務を負っている。王はしきたりを守り、君主としての責務を果たすことを最優先させなければならない。

そういう国王のあり方が、ケイナンの母親を苦しめ、追いつめた。ケイナンの父親は偉大な王ではあったが、冷淡で、王室の掟《おきて》やしきたりを何よりも重視していた。ケイナンは父に軽んじられる母を見て育った。父にとって母は、国ほど大切なものではなかったのだ。

だから、僕は決してレーガンを巻き込むつもりはない。

ない。ケイナンはそう思った。僕の代で王統も絶えてしまうが、そのほうがいいのだ。

〈まずは何をすればいい?〉ケイナンは手話で尋ねた。

「IDカードはもう受け取った?」レーガンは人事部が用意した書類に目を通した。

〈いや、まだ受け取っていない〉

「じゃあ、この書類に記入して。それから——」

ケイナンはレーガンの腕に触れた。〈君は患者を診療しなくていいのか?〉

「言ったでしょう。この病院でアメリカ手話が使えて、なおかつ時間に余裕があるのは私だけなの」

〈じゃあ、しぶしぶやっているってことか〉

「なんですって?」

〈外科治療は君の生きがいだったはずだ〉

レーガンは顔をしかめ、バインダーの書類をめくり続けた。「いまでも外科治療は生きがいだけれど、この仕事を打診されて——」ドアがノックされ、彼女は言葉をとめた。「はい?」

ドアの向こうから看護師が顔を出した。「お邪魔してすみません、ドクター・コート。でも、ピーターのことでお話が」

レーガンは心配そうな顔になって、バインダーを閉じた。「すぐに行くわ」

看護師はうなずいてドアを閉めた。

「ごめんなさい、ケイナン。できるだけ早く戻るわ。でも……しばらく待たせてしまうかも」

〈君の患者かい?〉

レーガンは悲しげに息をついた。「いいえ、患者じゃないわ」もう一度ため息をつく。「ケイナン……私……息子がいるの。ピーターは私の息子よ」

彼女は体をこわばらせて立ち上がった。

ケイナンは仰天して椅子の背にもたれた。そしてかすれた声で尋ねた。「息子?」

　そのとき、ケイナンは事態がのみ込めた。イスラ・エルモサで一緒に働いているとき、レーガンに子供はいなかった。

　冷たい恐怖が体内で広がり、ケイナンは立ち上がった。レーガンの前に立ち塞がって咳払いをする。

「いくつ……なんだ？」

「生まれて三カ月になるわ。あなたの息子よ、ケイナン」

　レーガンはそれ以上説明しなかった。

〝女を信用してはだめだ、ケイナン。絶対に。おまえの母親は離婚を求め、おまえの存在を隠そうとした。女というものは気まぐれで忠誠心が低い。自分のことしか考えていないんだ。絶対に女を信じるなよ。女に心を許したりしたら、痛手を負うぞ〟

　死んだ父の声が頭の中で響く。ケイナンはその声に耳を貸したくなかった。

「息子の様子を確認しに行かないと。ケイナン、どいてちょうだい」

　体の感覚がないまま、ケイナンは脇にどいた。レーガンがドアを開けて出ていく。

　レーガンを引き止めるつもりはなかったが、訊《き》きたいことが多すぎる。僕の息子だって？　あり得ない。なぜその子は病院にいるんだ？　なぜ、看護師の見守りが必要なんだ？

　ケイナンはレーガンのあとを急いで追いかけた。大声で呼び止められない自分を心の中でののしったが、すぐに追いつき、彼女の腕をつかんで立ち止まらせた。

　レーガンは腕を振りほどこうとしたが、つかんでいるのがケイナンだと気づくと力を抜いた。

〈僕の息子だって？〉ケイナンは手話で尋ねた。

「そうよ」

〈なぜ、僕に息子がいることを教えてくれなかった

んだ？　その子の存在を隠したかったのか？〉

レーガンは眉をひそめた。「私はあなたが死んだと思っていたのよ。息子の存在を隠すつもりなんてなかったわ」

ケイナンはレーガンを信じたかった。だが彼の母親は、身ごもっていることを父に隠そうとしたのだ。

〝あなたを宮殿に閉じ込めたくなかったの、ケイナン。私みたいに閉じ込められてほしくなかった。私はあなたの存在を隠して、宮殿を出ようとしたの〟母はいまわの際にそう言った。〝私は幸せになりたかった。自由になりたかった。あなたに彼のもとで育ってほしくなかった〟

〝だったらなぜ？〟ケイナンは、自分がまるで囚人のように感じていた。つねに護衛され、監視されていたからだ。たくさんの人に囲まれているにもかかわらず、いつも孤独だった。〝なぜ父さんに教えたの？〟

〝仕方なかったの。彼を愛していたのよ〟母はため息をついた。〝あなたを置いていくのがつらいわ。あなたは決して自由にはなれない。予備の王位継承者であっても、自分で人生を切り開いていくことはできない。私はあなたにもっと多くのものを手にしてほしかったの、ケイナン。ごめんなさい〟

ケイナンはずきずきするこめかみをこすった。

「息子の様子を見に行かないと」レーガンは小さな声で言った。

〈どこが悪いんだ？〉ケイナンは尋ねた。二人はいま、エレベーターの前にいた。

「心筋症よ」目に涙を浮かべ、レーガンは咳払いをした。「生まれたときからなの」

そんな。

ケイナンの心が沈んだ。

あんまりだ。子供がいると知らされただけでも大ごとなのに、その子の命が危ないなんて。

僕は無知じゃない。乳児の心筋症が、どれほど深刻な病気かは理解している。

逃げろ。背を向けて逃げ出すんだ。

だが、それもできない。僕は、父のように無慈悲で冷酷な男ではないのだ。

エレベーターが到着し、ドアが開いた。二人は降りる人たちのために脇へどいてから乗り込んだ。

二人は無言だった。

ケイナンは、この状況をなんとかしてのみ込もうとしていた。

僕には息子がいる。

その子はイスラ・エルモサの皇太子だ。

そして、その子は命を脅かされている。乳児の心筋症は深刻だ。きっと、UNOSの心臓移植待機患者リストに登録してあるのだろう。生きるために有効な治療方法は心臓移植しかないのだから。

レーガンはケイナンを連れて小児集中治療室へ行き、彼に使い捨てのガウンとマスクを渡した。ケイナンは、人の話し声などまったく耳に入らないまま、中へ入っていった。

部屋の奥に、青いブランケットがかけられた保育器があった。

ケイナンの胸がとどろいた。

彼は子供が欲しいと思ったことがなかった。つねに監視される不自由な生活を、我が子にさせたくなかったからだ。妻も欲しくなかった。結婚してもうまくいかないことは、父と兄が身をもって教えてくれたし、母が味わった苦しみを、ほかの女性に味わわせるつもりもなかった。

レーガンが青いブランケットを持ち上げた。焦げ茶色の髪の赤ん坊を見て、ケイナンははっと息をのんだ。赤ん坊はケイナンにも、レーガンにも似ていた。

そして、機械に繋《つな》がれていた。

ケイナンはその子を抱きたくてたまらなかった。いっきに愛情が込み上げ、驚きすら覚える。

この子は僕の国の未来だ。だが、声を失った国王と、心臓を病んだ王子がどうやって国を治めるというのか？　国はすでに傷だらけで、血を流しているというのに。

胸が張り裂け、罪悪感が押し寄せる。レーガンはいままで一人でこの子を守ってきた。僕はそばにいなかった。僕は彼女を——彼女と赤ん坊を失望させたのだ。

いまできるのは、背を向けて立ち去ることだけだった。

2

めまぐるしく処置や検査が行われ、レーガンはケイナンがついてきていることを忘れるほどだった。ピーターの容態が落ち着き、治療にあたってくれた医師たちと話し終えると、彼女はケイナンを紹介しようと振り返った。だが、彼はいなくなっていた。

どこへ行ったのかしら？

すぐに失望感がやってきた。ケイナンは保育器に近寄りもしなかった。ブランケットを引き上げたとき、ケイナンが見ていたのは覚えている。そして私は看護師のほうを向いて……そのあとはひたすら息子に意識を向けていた。

レーガンはピーターの担当看護師であるソフィー

を見た。「何かあったらいつでも連絡してね」

ソフィーはうなずいた。「邪魔をして申し訳なかったわ。エルモサ人医師の補佐の仕事を優先させなくちゃならないのに」

「私にとっての最優先はピーターよ。いつだってそう」

レーガンはにっこりしてソフィーの腕をさすった。ケイナンがピーターの父親なのだと伝えたかったが、口に出せなかった。ソフィーを含めこの病院の人たちはみな、ピーターの父は死んだと聞かされている。

でも、実はそうではなかった。

ケイナンは生きていた。彼はピーターの父親として権利を有している。もはや私は、ピーターに関することを自分一人の判断では決められない。ケイナンにも発言権がある。そう考えるとレーガンは不安になった。ケイナンはいつかイスラ・エルモサに帰るのかもしれない。もしそのとき彼がピーターを連れて帰りたがったら？

いまはそのことを考えるのはよそう。

「大丈夫、レーガン？」ソフィーが尋ねた。

「ええ、大丈夫よ。あとでまた顔を見せるわ。それまでにあなたから連絡がなければ」

「わかったわ、レーガン」

ソフィーは保育器のほうへ向き直った。レーガンは心の中でピーターにキスを送った。いまは息子にキスをすることはできない。キスしたのはたった一度だけ、ピーターが保育器に入れられる前だ。

ひょっとしたら今後も、ピーターにキスをすることはないのかもしれない。この子が目を開けて、驚きに満ちたまなざしを向ける瞬間なんて、永遠に来ないのかもしれない。

余計なことを考えちゃだめ。ケイナンを見つけるのよ。

レーガンは小児集中治療室を出て、ガウンとマスクを外すと、近くの回収容器に投げ入れた。ケイナンにどうやって連絡を取ろうかと考えていると、彼が行き止まりの廊下の隅を行ったり来たりしているのが目に入った。

治療室を出ていった彼に対するいら立ちや怒りが、溶けて消えていく。彼の立場になって考えてみる。息子の存在を知っただけでも驚いただろうに、その子が重い病気だと知らされたのだ。

とはいえ、ケイナンが出ていったことに変わりはない。

「出ていったのね」レーガンは優しく言った。

ケイナンは少し取り乱した目つきで、波打つ豊かな髪を掻《か》き上げた。そしてうなずき、手話でこう示した。〈すまない〉

「びっくりしたわよね。心の準備もさせずに連れていってごめんなさい」

〈心の準備なんて無理だよ〉彼は目を閉じた。

「大丈夫？」

〈大丈夫だと思う。君のほうは？　大丈夫かい？〉

「大丈夫よ。もっと早くあなたに伝えるべきだったわ」

〈君は今日まで、僕が生きていることも知らなかったじゃないか〉

「確かにね」

二人とも笑みをこぼした。張りつめた空気が少しだけ和らいだ。

〈心臓移植の待機リストには登録しているのか？〉

「ええ」

〈つらいことだ。いったいどうやって日々を乗り切っているんだ？〉

素朴な疑問なのだろうが、レーガンは腹が立った。どうやって日々を乗り切っているのかですって？　とにかく乗り切るだけだ。ほかに選択肢なんてない。ただ毎日、やるべきことをやるしかなかった。

「そうするしかなかったから」レーガンは疲れた声で言った。

〈確かにそうだね〉ケイナンは手で顔をこすった。

レーガンはケイナンが手話で示すのを待っていた。そばにいられなくてすまなかったとか、今後は君を支えるとか、そういうことを。だが、彼はそうしなかった。

「代わりに彼はこう示した。〈容態は安定したのかい？　仕事に戻れそうか？〉

レーガンは冷や水を浴びせられた気分だった。とはいえ、ケイナンは思いもよらない事実を立て続けに知らされたばかりなのだ。頭の整理がつかなくても仕方がない。

誰かにがっかりするのは初めてではない。私のことを気にかけてくれない両親から、何度も失望感を味わわされてきた。

〝お願いだから助けてほしいの、母さん。もうくたくただし、ピーターは病気だし……〟

〝自分の意志で子供を産んだんでしょう、レーガン。おろせと言ったじゃないの〟

母の無慈悲な言葉がいまでも忘れられない。

〈どうしたんだ？〉ケイナンが尋ねた。

「なんでもないわ」

〈なんでもないようには見えないよ〉

「あの子の容態は落ち着いたわ」

〈よかった〉

「マイケルのオフィスに戻って、仕事を続けましょう」

ケイナンがうなずき、二人は並んで歩き始めた。

就業のルールや手続きについて説明するレーガンの声に、ケイナンは耳を傾けていたものの、意識を集中させることはできなかった。彼はレーガンとピーターの生活を引き受け、二人を守ることについてひたすら考えていた。

だが、二人を王室の掟《おきて》でがんじがらめにしたくはない。

もし兄がまだ生きていたなら、僕は自分の人生にレーガンを巻き込むことに、ここまで罪悪感を覚えなかっただろう。ケイナンはそう思った。補欠の王位継承者だったケイナンは、医学の道を追求するためにイスラ・エルモサを出ることができた。スイスで医学校へ通ったあと、医師として働いた日々は幸せだった。

兄が王に即位し、ケイナンは二度と祖国へ戻るつもりはなかった。だが内乱が勃発し、兄は殺されてしまった。

そのとき、ケイナンの自由も永遠に奪われてしまったのだ。

ケイナンは心の中で叫び、怒りに駆られていた。

だが思いを外に吐き出したくても、声にすることができない。自分がみっともなくていやになる。それでもレーガンが欲しいという気持ちは変わらなかった。彼女はこれまでずっと一人でやってきた。僕がそばにいるべきだったのに。

レーガンを手放すべきじゃなかった。

もし、彼女を国へ帰さずそばに置いていたなら……想像しかけたがやめた。そんなことをしても、いまの状況が変わるわけではない。

どちらにせよ、息子が生まれつき心筋症だったことには変わりがない。戦乱の地で、息子がちゃんと生まれることができていれば、だが。胸が締めつけられ、ケイナンは考えるのをやめようとした。

〝アレク、降伏するべきだ。もうできることはない。たくさんの命が失われてしまったんだ〟

〝降伏なんてするものか！　父上なら、決して引き下がったりしないはずだ〟

〝それは違う。罪のない命が犠牲になれば父上だっ

て降伏したはずだ。愚かなまねはもうよすんだ〃

〃おまえは王の座が欲しいだけだろう、ケイナン。おまえのことはよくわかっている〃

〃ばかなことを言わないでくれ。僕は王座なんて欲しいと思ったことはない〃

〃だったら、なぜここにいるんだ？〃

〃助けるためだよ、兄さんの命を〃

〃おまえとは父親が同じなだけだ〃

〃そうだ。それでも助けたいんだ〃

〃なぜだ？〃

〃父さんが兄さんを愛していたから。父さんのためにやっているんだ〃

アレクは鼻で笑い、首を振った。

〃いつだって父さんの機嫌を取ろうとするんだな。だが、父さんはもう死んだ。いまは僕が王だし、これからもずっとそうだ〃

ケイナンは手遅れになる前に兄の命を助けようとした。兄を安全な場所へ連れ出そうとしていたそのとき、王座の間で爆弾が破裂したのだ。

ケイナンは助かったが声を失った。

兄は助からなかった。結局、ケイナンの努力もすべて水の泡になってしまった。

「ケイナン、大丈夫？」

レーガンが積み上げられた書類の向こうからこちらを見つめていた。

「頭の整理がつかない？」彼女は優しく尋ねた。

ケイナンはほほ笑んだ。「それは控え……」喉が詰まって声が出ない。屈辱的な気分になった。

レーガンの表情が和らいだ。「控えめな表現？」

そして彼女は笑みを浮かべた。いつもケイナンを夢中にさせた、温かく親しげな笑みだ。戦地にいたころのことを思い出す。レーガンはどんなときも毅《き》然《ぜん》と振る舞っていたが、負傷兵と接するときは笑みをたたえ、思いやりを見せていた。そしてそんな彼女の姿に、ケイナンは心奪われていた。レーガンはケイナンに母を思い出させた。見た目が似ているのではない。強く、不屈の精神を持っているところが、二人は同じだった。

ケイナンの母のアリアナは心優しく、自立心のある強い女性だった。母は父を愛していたが、父のほうは母と同じ愛情を抱いているようには見えなかった。

母が亡くなり、ケイナンは孤独を味わった。宮殿に愛はなかった。父はいつもよそよそしかったし、兄のアレクもそうだった。ケイナンに愛情を注いでくれたのは母だけだった。

レーガンはケイナンが王子だと知らなかった。彼女はいつも誠実で、温かく接してくれた。彼女の温かさこそケイナンが求めていたものだった。ケイナンを一人の医師として扱ってくれるレーガンといると、彼はありのままの自分でいられた。

戦乱さえなければ……もし僕がいまも、補欠の立場だったなら……。

祖国で起きている混乱に、レーガンを巻き込みたくはない。でも彼女は僕の子供の母親なのだ。僕の子を産んだと噂《うわさ》になれば、レーガンは危険にさらされる。だが、結婚すれば彼女を守れる。僕は正しいことをしなければならない。たとえレーガンから自由を奪うことになったとしても。レーガンの気持ちを無視しなければならないとしても。

ケイナンはこめかみをこすり、喉がまた苦しくなるのを感じた。

「たくさんあってごめんなさい。でも、説明はほぼ終わったわ」

〈一休みしないか?〉

レーガンは片眉を吊《つ》り上げた。「一休み?」

〈コーヒーでも飲もう〉

「いいけど……」

レーガンは困惑しているようだった。

ケイナンも困惑していた。いまの状況すべてに。

こんなふうに頭が混乱したとき、昔なら仕事をすれば――外科技術を駆使して治療を行うことに集中すれば、切り抜けることができた。人の命を救うことが自分の使命だと思えた。この混沌《こんとん》とした世界に、自分が存在している意義を感じられたのだ。

でも、いまはもうそれができない。声が出せないからだ。手を動かしているときに、手話で指示を伝えることなど無理だ。それに声が出せなければ、ぼろぼろになった祖国を立ち直らせ、導くこともできない。

ケイナンとレーガンは無言で売店へ向かった。

病院内のあちこちにエルモサ人の護衛が配置されているし、カナダ政府もケイナンを警護している。だが警護に携わる人々を除けば、誰も彼が国王だと知らない。

ここでなら楽に息ができる。たとえ声は出ないとしても。

声ならじきに取り戻せる。

手術が成功すれば、だが。ケイナンはときどき、手術室を生きては出られないのではないかと思うことがあった。

レーガンはケイナンのためにコーヒーを注文した。砂糖なしのブラックコーヒーだ。

〈覚えてくれていたんだね〉ケイナンは手話で伝えた。

「だってあなた、毎日飲んでいたじゃない」レーガンは鼻にしわを寄せた。「私はブラックコーヒーは無理。なぜ飲めるのかわからないわ」

ケイナンは一口すすった。慣れ親しんだ祖国のコーヒーほどおいしくはないが、まあまあだ。

〈エルモサのコーヒーは、豆に自然な甘みがあるんだ〉

レーガンは鼻を鳴らした。「エルモサで飲んだコーヒーの味は覚えているけど、ブラックコーヒーはブラックコーヒーでしょ」

〈いや、違う。これは僕の国のコーヒーにはほど遠い〉

「確かにね。エルモサのコーヒーのほうがおいしいわ」レーガンは自分のコーヒーに大量の砂糖を入れた。

それを見たケイナンが体を震わせると、レーガンはしかめ面を向けた。ケイナンはにっこりした。

二人は吹き抜けのロビーに置かれたテーブルへと歩いていった。外は雪が降っている。ケイナンは雪になじみがないが、見ていると心が落ち着いた。

「イスラ・エルモサにいたころのことは、遠い過去のように感じるわ」レーガンが口を開いた。「あなたが生きていて嬉《うれ》しいわ。まだ言っていなかったわよね」

ケイナンの心がとろけた。〈僕も、君にまた会えて嬉しいよ〉

「それで、マイケルから聞いたけど、あなたは手術を受ける予定なの？　声を取り戻すために？」

ケイナンはコーヒーの入ったカップを握り締めた。〈ああ。うまくいけばいいんだが〉

彼は手術の危険性については伝えなかった。僕が手術で命を落とすかもしれないことを、レーガンが知る必要はない。

レーガンはうなずいた。「きっとうまくいくわ。あなたの場合、問題は瘢痕《はんこん》組織なのかしら」

ケイナンはぎょっとした。気管を切開したときの傷跡に瘢痕組織が形成されていて、それが喉を狭《きょう》窄《さく》しているのだ。

〈その話はしたくないな〉

「いいわ」

ケイナンは申し訳なく感じたが、いまは手術のことを考えたくなかった。新しい年が来るまでに声を取り戻さなければならない。一月一日には、戴冠式に出るために祖国へ戻る予定だからだ。

声が出なければどうしようもない。アメリカ手話を習得していたのはよかったが、声がなければ国を統治することも、医療を施すこともできない。

着信音が鳴った。レーガンは携帯電話を取り出し、眉をひそめた。

〈ピーターのことかい?〉ケイナンは尋ねた。

「いいえ、これから負傷者が搬送されてくるの。人手が足りないみたい。でなければ、私は呼ばれないもの」

〈行くんだ〉ケイナンは伝えた。〈僕のことは自分でなんとかするよ〉

「誰もアメリカ手話を使えないのよ」

ケイナンは携帯電話を取り出し、〈行くんだ〉と入力した。そして読み上げ機能を使って音声を流した。

レーガンはにっこりした。

「できるだけ早く戻るわ」

彼はうなずいて、レーガンが去っていくのを見つめた。嫉妬で心が痛む。僕も彼女と一緒に、けが人の治療にあたることができたらどんなにいいだろう。昔のように。

ケイナンはコーヒーの入っていたカップをゴミ箱に放り投げ、病院の中を歩き回った。

自由になりたかった。ここは宮殿ではないが、彼は孤独で、自由を奪われていた。

僕は一人じゃない。レーガンがいるじゃないか。

だがレーガンは僕のものじゃない。いまはまだ。

レーガンに強いようとしている生活を思うと、罪悪感で胸が痛む。

そして、自分がますますいやになるのだった。

3

緊急搬送されてきた患者は、複数の車両が絡む衝突事故により多発外傷を負っていた。処置に何時間もかかり、レーガンが手術室から出てきたときにはもう夜になっていた。レーガンはくたくただった。

ケイナンはどうしているだろう。

彼の携帯電話を鳴らしてみたが、なんの反応もない。帰宅したのだろうか。

正直なところ、いまはケイナンのことは考えられない。ピーターの担当看護師であるソフィーからも連絡がないが、それは喜ぶべきことだ。もちろん病院の規則として、手術中に外科医の邪魔をすることは禁止されている。だが手術が終わっても、誰も私を呼びに来ないということは、ピーターの容態は落ち着いているのだろう。

ケイナンのことはあとで考えよう。まずはピーターの様子を確認しに行かなくては。

レーガンが小児集中治療室へ近づいていくと、ちょうど勤務を終えたソフィーが出てきた。

「ごめんなさい、ソフィー。手術中だったの。もし連絡をくれていたなら……」

「大丈夫よ、レーガン。特に報告するべきことは何もなかったわ。ピーターの容態は安定している。でも、なぜ教えてくれなかったの?」

「えっ?」

「ピーターの父親がドクター・ラスカリスだってこと」

レーガンは目を丸くした。「なんですって? どうしてわかったの?」

「いま中にいるのよ。最初はピーターに近づけないようにしたの。でも彼、自分は父親だって言って」

「それで信じたっていうの？」レーガンの声が一オクターブ上がった。

「DNA検査を受けて証明するとまで言うのよ。だから、いま調べているところ。中には入れたけれど、ピーターのそばに近づくのも、触れるのもだめだと言ってあるわ。あなたがいつも寝ている部屋で座って、ピーターをじっと見つめているだけよ」

レーガンは厳しい言い方をしたことを申し訳なく思った。

「ごめんなさい、ソフィー。あなたのしたことは正しいわ。ドクター・ラスカリスはピーターの父親なの」

「私、彼を疑って問いただしてしまったの。でもあなたから、ピーターの父親はイスラ・エルモサで亡くなったと聞いていたし……ドクター・ラスカリスはエルモサ人でしょう。それに、あなたが彼をここに連れてきていたから。とはいえ、彼にはまだなんの権限もないけれど」

「彼を連れてきたとき、あなたに伝えるつもりだったんだけど、私、あまりに驚いていて。ずっと彼が死んだと思っていたのよ」

ソフィーはほほ笑んだ。「そうでしょうね。同じ状況だったら、私だって驚くわ」

レーガンはこわばった笑い声をあげた。「彼が望んだら、いつでもピーターに会わせてあげてほしいの」

「明日、ピーターのカルテに書き加えておくわ」

「ありがとう、ソフィー。いい夜を過ごしてね」

ソフィーは手を振って去っていった。

レーガンは小児集中治療室へ入った。ちょうどシフト交代の直後で、すっかり顔なじみになったスタッフに挨拶をする。

ケイナンは小さな部屋に立ち、ガラスの仕切り壁の向こうにいる息子をじっと見つめていた。その表情から気持ちを読み取ることはできないが、いまはどうでもよかった。大事なのはケイナンがそこにいることだ。

彼はいまピーターのそばにいる。

レーガンの父は一度も、そばで支えてはくれなかった。娘のことを気にとめてもいなかった。だからピーターのそばにケイナンがいるのを見ると、レーガンの心が和らいだ。

「ずいぶん時間がかかってしまってごめんなさい」レーガンはケイナンのそばに寄っていった。「連絡しようと携帯電話にかけたんだけど、なんの反応もなかったから」

〈電池が切れたんだ〉ケイナンは手話でそう示し、携帯電話を持ち上げた。〈充電器を持ってくるのを忘れてね〉

「そうだったの」レーガンは咳払《せきばら》いをした。「私、あなたがここにいてくれて嬉《うれ》しいわ」

彼はうなずいて笑みをこぼした。

〈僕も嬉しい〉

レーガンの心臓が早鐘を打った。「ソフィーにあなたがピーターの父親だと伝えたわ。わざわざDNA検査なんて受ける必要はなかったのよ」

〈構わない。僕は検査をしたいんだ〉

レーガンの頬が熱くなった。「もちろんそうよね。あなたは医者ですもの。証拠が欲しいのよね」

〈何を言っているんだ?〉

「あの子が実子だっていう、科学的な確証が欲しいんでしょう」

ケイナンは顔をしかめた。〈そんな理由じゃない〉

「そうなの?」

〈ああ〉ケイナンはピーターに視線を戻した。〈あの子は僕によく似ている〉

「だったら、なぜDNA検査を受けたの?」

〈血液型だよ。ピーターが僕と同じO型で、万能供血者なのか知りたいんだ。うちはO型の家系だから〉

「ピーターはO型よ」

ケイナンはにっこりした。〈よかった〉

「あの子の心筋症は遺伝性なの。でも、うちは心筋症の家系ではないわ」

〈僕の家族も違う〉

「本当に？」

〈イスラ・エルモサ王室の病歴簿がちゃんと残っている〉ケイナンは手話でそう表してから体をこわばらせた。

「ええと……イスラ・エルモサの王室となんの関係があるの？」レーガンは困惑して尋ねた。

〈関係ない。ちょっとほかのことを考えていた〉

「そう。でも、うちの家系にはいないから」

〈うちもいない。僕のせいだとほのめかすのはやめてくれ〉

「そんなことはしていないわ」

〈そうか。よかった〉

「ごめんなさい」

〈いや、僕のほうこそすまない。家族の話題になると神経質になってしまうんだ。内乱のせいで、多くの家族が苦難を味わったから〉

「そうね」レーガンは悲しげに言った。

〈僕の家族はピーターしか残っていない〉

彼が手話でそう表すと、レーガンは不安になった。ケイナンにピーターを奪われるのではないかと考えてしまう。

ケイナンには権利がある。でも私はピーターを失うわけにはいかない。

涙が込み上げたが、ケイナンやピーターの前で泣くわけにはいかない。とはいえ、泣いたところでピーターにはわからないが。

しっかりしなくちゃ。

ケイナンが近づいてきて、レーガンは制止する間もなく、彼に抱き締められていた。目を閉じて彼の匂いを吸い込んだ。体が震える。だって、また彼に抱き締められることがあるなんて、思ってもみなかったから。

彼は死んだと思っていたから。

「行こう」ケイナンがかすれた声で言った。

彼はレーガンを小児集中治療室から連れ出した。

レーガンは呆然《ぼうぜん》としていた。

もうくたくただった。

ケイナンはレーガンのガウンを脱がせて回収容器に入れると、自分もガウンも脱いだ。

レーガンは我に返った。「ピーターを置いていけないわ」

〈一晩ぐらい大丈夫だ〉

「あの子には私しかいないのよ」

〈専門家のチームが彼を見ていてくれる。君には睡眠とちゃんとした食事が必要だ〉

「ここにいないとだめなの」

〈レーガン、あの子の状態は安定している。もし何かあれば、僕たちのどちらかにすぐに連絡が来るさ。僕の部屋へ来てくれ。そうすれば僕は携帯電話を充電できるし、君はシャワーを浴びて食事をとれる。ロッカーから荷物を取っておいで〉

「できないわ」レーガンは小さな声で言った。

〈僕はすぐ近くのホテルに滞在しているんだ〉

レーガンは片眉を吊《つ》り上げた。「〈ロイヤル・ヨーク〉に泊まっているの？」

ケイナンはうなずいた。〈そうだ〉

「すごく高いホテルよ」

彼は肩をすくめた。〈金はあるからね。でも、いまはそんなことは問題じゃない。僕と一緒に行こう。君には睡眠が必要だ。ピーターに何かあったときの

ために、今夜は僕が待機するよ。君は背負った重荷を少しおろすといい〉

「そうしたいけど……」

ケイナンは目を細め、一歩近づいてレーガンの頬を包んだ。〈罪悪感を抱く必要はない。ピーターの面倒を見るためには、まずは自分自身が元気でいないと。さあ、行こう〉

レーガンはうなずいた。

彼女はスタッフ用更衣室へ行き、コートをはおって、置きっぱなしにしている小ぶりのスーツケースを持った。二人は病院から出ると、ヨーク・ストリートを急いで横断した。静かで人が少ないが、アイスホッケーファンの姿がちらほら見える。

顔を青くペイントし、大声をあげている彼らを見て、ケイナンは不思議そうに眉を吊り上げた。

「リーフスのファンよ。アイスホッケーチームの」

彼はうなずいたが、手話で何か伝えようとはせず、ただレーガンの手を強く握った。二人は急ぎ足でフロント・ストリートを進み、〈ロイヤル・ヨーク〉の正面入り口に到着した。

回転扉を通り抜けると、そこは別世界だった。レーガンはこのホテルに一度だけ来たことがあり、アールデコ調の豪華な内装がトロントの黄金時代を彷《ほう》彿《ふつ》させることは知っていた。

「こっちだ」ケイナンはささやいて、ゴールドのカードキーを取り出した。スイートルームに泊まっていることを示すカードキーだ。

彼は上客だけが利用できるエレベーターへとレーガンを連れていった。

ケイナンがカードキーをカードリーダーに通すと、エレベーターのドアが開き、二人は乗り込んだ。エレベーターは最上階でとまった。ケイナンはレーガンを連れて廊下を進み、突き当たりの部屋のドアをカードキーで開けた。

レーガンは荷物を置き、豪華な家具や調度品が配置された部屋を眺めてから、ほかの部屋も見て回った。キングサイズのベッドが置かれた寝室に、簡易キッチン。窓辺からは、ユニオン駅の向こうの湖畔まで見渡せた。

「まあ……」レーガンは小さな声で言った。「こんな豪勢な部屋、初めて来たわ」

ケイナンはにっこりして、両手をポケットに突っ込んだ。〈まず食事をするかい？　それとも、シャワーか仮眠がいい？〉

「可能であればまずシャワーがいいわ。そのあとに食事をして、そして仮眠ね。でも、いつまでいられるかわからないわ。病院に戻らないといけなくなるかも」

彼は含み笑いをもらし、デスクの上の充電器に携帯電話を接続した。〈シャワーを浴びておいで。僕が食事を注文しておく。食べてから、僕と君のどちらが病院に戻るか相談しよう〉

「わかったわ」

レーガンはバスルームを見つけ、照明のスイッチを入れた。ふかふかした白いバスローブとタオルがある。病院のスタッフ用更衣室よりずっといいわ。

洗面用具を入れたポーチを取り出し、石鹸《せっけん》とシャンプーを探した。

必要なものをすべて見つけると、シャワーから湯を出した。自分だけの時間を持てて嬉しかった。病院のスタッフルームと違い、ここでは何かにせき立てられている感覚がない。

もう何カ月も、病院を出てゆっくり過ごすことをしていなかった。家賃や公共料金の支払いは、携帯電話のアプリやインターネットですませた。ペットは飼っていないし、部屋に植物も置いていない。レーガンの人生は病院の中にあった。

シャワーの下に踏み出し、水流でストレスを洗い流した。シャワーに打ちつけられながら、本当に久しぶりに、背負ったものをおろすことができた。

レーガンはシャワーをとめ、タオルで顔と髪を拭いた。

バスルームのドアがノックされた。バスローブを着てドアを開けると、ケイナンが立っていた。

〈大丈夫か？〉

「ええ、大丈夫よ」

彼は唇をすぼめた。〈全然出てこないから、眠ってしまったのかと心配したよ〉

レーガンの頬が熱くなった。「私、どれぐらいここにいたの？」

〈一時間だ〉彼はにっこりした。

「一時間？」レーガンは自分の両手を見た。長く湯に触れていたせいで指先がしわになっている。私、気持ちが緩んでぼんやりしていたんだわ。

〈おいで。料理が届いている。バスローブは着たままでいい〉

レーガンはうなずいてバスルームを出ると、ケイナンのあとについて居間へ入った。そこにはサラダやチーズや果物、そして大盛りのパスタが用意されていた。レーガンの好きなパスタ、フェットチーネ・アルフレードだ。

覚えていてくれたんだわ。

「悪く思わないでほしいんだけど、どうやって注文したの？」

〈パソコンで注文したんだ。ホテルのスタッフは僕の声のことを知っているからね〉

「おいしそうな匂い。病院の食堂以外の場所で、ちゃんとした食事をとるのはいつぶりかしら」

〈だったら、おしゃべりするのはやめて食べようじゃないか〉

ケイナンはレーガンに座るよう手で促し、彼女がソファに座るまで立っていた。

ケイナンはいつだって紳士的だ。

紛争地帯にいても、彼はつねにレディファーストだった。野戦病院で、下品な兵士が看護師になれなれしく触り、トラブルになったときのことだ。ケイナンはその場に飛び込んでいって、触った兵士をこらしめたのだ。

兵士はエルモサ人ではなかった。最終的に双方の指揮官は、二人にボクシングで決着をつけるよう命じた。

〈にやにやしているね〉ケイナンは手話で示した。〈なぜかな?〉

「あなたがあの兵士とボクシングで戦ったときのことを思い出していたの。彼、あなたの二倍くらいの大きさだったけど、あなたが打ちのめしたわ」

ケイナンは顔をしかめた。〈彼は僕の二倍もなかったよ〉

「特殊作戦部隊で訓練を受けていて、すごく屈強だったわ」

〈どうしてそんなことを思い出したんだい?〉

「あなたって紳士的だなって考えていたから」

彼は片眉を吊り上げた。〈ボクシングと紳士にどんな関係があるんだ?〉

「ボクシングって、王様がたしなむスポーツじゃない?」

〈いや。それは競馬だよ〉ケイナンの瞳がきらめいた。〈僕が思うにボクシングは男の護身術だ。立派な紳士たちもかつては拳で戦ったんだ〉

「ほらね。つまりは紳士のスポーツってことでしょう」

〈いまはもう違う。女性だってボクシングをするだろう?〉

「まあね。でも……」

〈わかった、いいよ。つまり君はボクシングをする僕の姿を思い出し、僕が紳士的だという結論に達し

たんだね?〉

「違うわ。私が座るまであなたが立っているのを見て、ボクシングのことを思い出したのよ」

ケイナンは美しい唇を歪《ゆが》め、笑みをたたえた。その笑みを見ると、レーガンは彼の口づけを思い出してしまった。

〈顔が赤いよ〉

彼が手話でそう示すのを見ながら、レーガンは思い出していた。彼の声や、彼の息が首にかかる感覚を。もう長いあいだ、私は誰にも熱い思いを抱いていない。最後にそういう気持ちを抱いた相手はケイナンだ。ピーターを産んで以降、レーガンは感覚を鈍らせて、ただ存在していただけだった。

熱望を抱いてしまったことに罪悪感を覚え、レーガンはパスタの入ったボウルを手に取った。「好きな食べ物を覚えていてくれて嬉しいわ」

ケイナンは体を引いて深く座り直した。二人の間にあった甘い雰囲気は消えてしまった。でも、それでよかったんだわ。レーガンはそう思った。いまの私には色恋を始める時間はない。たとえ相手がピーターの父親でも。私の生活はピーターを中心に回っている。私にとっての最優先事項は、ピーターが生き延びられるようにすることだ。

食事を始める前に、会話が妙な方向へ行ってしまった。ケイナンは紳士的でいようと努めていたが、レーガンが相手だと難しかった。

ボクシングリングで兵士を叩《たた》きのめしたときのことは、すっかり忘れていた。カナダ人看護師にちょっかいをかけた兵士を、ケイナンが注意したことがきっかけだった。

僕はああいう男には我慢ならない。

強くて勇ましいリーダーでありつつ、女性に敬意を払うことは可能だ。

兄がそれを理解してくれていたら、どんなによかっただろう。そして父も。

〝ママ、なぜ泣いているの？〟

母は手の甲で涙をぬぐい、ケイナンを抱き締めた。

〝悲しいの、ママ？〟

〝いいえ、ケイナン。あなたがいれば悲しくないわ〟

ケイナンは母の肩越しにベッドへ目をやった。新聞が置いてあり、父親の写真が載っていた。父は写真の中で、母ではない女性の体に腕を回していた。

父は民に愛された国王だったが、悪名高い女たらしでもあった。

ケイナンは心に誓っていた。たとえ将来、国王になることがあっても、決して父のようにはならないと。もちろん当時は、まさか本当に自分が王になるなんて思っていなかった。そもそも、王になりたいと望んだこともなかった。

ケイナンは外科医でいたかった。

国王になれば大きな責任を背負わなければならない。命はもはや自分だけのものではなく、王国と世界のものになる。プライバシーなどない。自分を犠牲にして、つねにストレスにさらされる日々が待っているのだ。

そんな生活を、僕はレーガンとピーターに強いることができるだろうか？

だが、ほかの選択肢はない。僕は正しいことをしなくてはならない。ピーターを正統な後継者にしなければならない。

食事を終えて顔を上げると、レーガンは眠ってしまっていた。ソファの上で丸くなり、頭を肘掛けにのせている。

静かで穏やかな姿だった。

ドアをノックする音が聞こえた。ケイナンは立ち上がり、ドアスコープを覗《のぞ》いた。警護責任者のアンドレアスが廊下に立っていた。

ケイナンはドアを開けた。

「お邪魔して申し訳ありません、陛下」

ケイナンは指を唇に当てて声を落とすよう促し、後ろを示した。

アンドレアスはケイナンの肩越しに中を覗き、うなずいた。「失礼しました……」

「何事だ？」ケイナンはかすれた声で尋ねてから喉をさすった。

「行方不明のエルモサの王が、トロントに身を潜めていると噂《うわさ》になっています」

そんな。「なぜだ？」

「新聞に記事が出たのです。とはいえ写真が載っているわけではなく、文章だけです。誰かが情報をもらしたようです」

ちくしょう。

声が出せるなら、罵り言葉を吐いていただろう。

だがレーガンを起こしたくはない。いまは声が出なくてよかったのだ。

〈何かわかれば逐一報告してほしい。もし記者がホテルや病院のそばに来たら、必ず知らせるように〉

「私たちはずっと目立つ行動を控えてきました、陛下。このフロアにいるのは陛下と警護チームだけです。不本意ながら我々はあなた様を一人で病院へ行かせ、自分たちは人目につかないようにしているんです」

ケイナンは笑みをたたえた。〈大変なのはわかっている。だが、これが一番いいんだ〉

「一番いいのは、陛下がイスラ・エルモサへ戻れるようになるまで、安全な場所で身を潜めていただくことです」

〈僕は安全だよ〉

「ご子息は、警護なしで病院にいるじゃないですか」

ケイナンの背筋がぞっとした。〈なぜ息子のことを知っている？〉

「私は警護責任者ですよ、陛下」

〈この話はもう終わりだ。情報のリークについては、何かわかったら報告してくれ〉

アンドレアスは唇を引き結び、一礼した。「かしこまりました、陛下」

ケイナンはドアを閉じ、顔をこすった。自分の居場所が世間に知られてしまう。そう思うと、ピーターの姿が――病院のベッドで命を繋《つな》いでいる姿が頭に浮かんだ。ピーターの存在をマスゴミに知られるわけにはいかない。僕があの子を守らなければ。

ケイナンはドアを勢いよく開け、アンドレアスを追いかけた。

アンドレアスは困惑した様子で振り返った。「陛下？」

〈あくまで目立たないようにだが、息子を警護してほしい〉ケイナンは手話で示した。〈マスコミが病院に来ては困る。なんとしてでもあの子を守ってくれ〉

アンドレアスはにっこりした。「お任せください、陛下」

ケイナンはうなずくと、背を向けて部屋へ戻った。レーガンを起こさないよう、ドアをそっと閉めた。彼女はソファでぐっすり眠っている。

彼はレーガンに近づいて、そっと抱き上げた。彼女は目を覚まさなかった。疲れ切っているのだろう。ピーターが生まれたときにそばにいられなかったことが申し訳ない。息子の存在を知らなかったこと、そして、何も手助けしてやれなかったことも。

ケイナンはレーガンをベッドに横たえ、上掛けをかけた。レーガンは息をもらしたが、目は覚まさなかった。ケイナンは立ったまま彼女の顔を見つめていた。ほっそりした首を撫《な》で、なめらかな髪に指を差し入れたいという衝動と闘いながら。彼女の頬を手で包み、キスをしたいという欲望と闘いながら。

僕がやるべきことは一つだ。

僕はレーガンとピーターのことを大事に思っている。だからこそ、僕はレーガンに負担を強いなければならない。

レーガンを僕の后《きさき》にしなければならない。

4

目を覚ましたレーガンは、一瞬、自分がどこにいるのかわからなかった。小児集中治療室の簡易ベッドでないのは明らかだった。あまりに静かだし、ベッドがふかふかしている。

上体を起こし、思い出した。ここは〈ロイヤル・ヨーク〉のケイナンの部屋だ。

人の息遣いが聞こえて隣に目をやると、ケイナンが外出着のまま眠っていた。ネクタイを外し、シャツのボタンも外した姿で、上掛けの上で横になっている。

気持ちよく眠っているようだ。私はどれぐらい眠っていたのかしら？　ナイトテーブルに置かれた時計を見ると、朝の九時だった。

なんてことかしら。

一晩じゅうぐっすり眠ってしまったらしい。

なぜそんなことができたの？　ピーターに何かあったらどうするの？

ケイナンを起こさないよう静かにベッドから出た。すばやく服を着て髪をとかす。自然乾燥させた髪はひどく縮れてしまっているが、後ろで一つにまとめてごまかした。

レーガンは小声で毒づいた。ピーターのそばを離れた自分に腹が立つ。ケイナンに病院を出ようと言われたとき、意志が弱っていて受け入れてしまった。私はもっと強くならないといけないのに。ケイナンの言葉に簡単に揺らいではいけないわ。

身支度を終えると部屋を出て、静かにドアを閉めた。振り返ったとたん、ぎょっとして飛び上がった。黒ずくめの男性が数人、廊下をうろついていたのだ。

彼らは話をしていたが、レーガンがドアを閉めると静かになった。彼らはレーガンに敬意のこもったまなざしを向けた。まるで畏怖の念すら感じているような目つきだ。なんであれ、とても不気味だった。

「すみません」一人の男性が前に進み出て声をかけてきた。

アクセントが少しケイナンと似ている。彼もイスラ・エルモサからの亡命者なのだろうか。

「私たちの声で起こしてしまいましたか？」

「いいえ」

「驚かせたなら申し訳ありません。廊下で集合してから……セミナーに向かうのは、やめたほうがいいですね」

「大丈夫ですよ」レーガンは言った。

男性は首を縦に振り、ほかの男性たちもほほ笑みながら後ろへ下がった。レーガンはエレベーターに向かって小走りで進んでいった。ボタンを押すと、エレベーターはすぐに到着した。
あの人たち、どう見てもボディガードだわ。
そんなはずはない。だって、いったい誰の警護を
しているというの？
レーガンは考えるのをやめ、エレベーターの中で
コートをはおった。エレベーターから降りると、ロ
ビーの人混みをすり抜けて地下コンコースへおりた。
ヨーク・ストリートの向こうにある病院へ、地下通
路を移動して向かう。
朝の地下通路は、職場や学校に向かう人々でごっ
た返していた。レーガンは慌ただしく行き交う人混
みを縫うように進んだ。トロントの街はＰＡＴＨと
呼ばれる地下通路が整備されており、ユニオン駅と
周辺のオフィスビルも地下で繋《つな》がっている。だから
列車が到着すると、地下コンコースに人があふれる
のだ。
病院の地下出入り口に着くと、暗証番号を押して
エレベーターに乗り込んだ。目的の階に到着すると
スタッフ用更衣室へ行き、清潔なスクラブと白衣に
着替えた。
まずはピーターの様子を確認して、そのあとは回
診をしなくては。
もう回診はしなくていいのよ、忘れたの？　私の
仕事はケイナンの補佐だ。それなのに彼をホテルに
置いてきてしまった。
レーガンは心の中でうなった。
ケイナンの勤務は十時からなので、ひとまずそれ
まではピーターのそばにいよう。
小児集中治療室に到着すると、すでにスタッフの
交替が終わり、ソフィーがデスクに着いていた。
「ごめんなさい、ソフィー」レーガンは口を開いた。
ソフィーは困惑顔になった。「どうしたの？」
「私、眠り込んでしまって……自分の家で」
ケイナンの部屋にいたと伝える必要はないと思い、

レーガンは嘘《うそ》をついた。

「用事をすませようと自宅に戻ったんだけど、そのまま眠ってしまったの」

「気にしないで、レーガン。ピーターの容態は安定しているわ」ソフィーはパソコンでピーターのカルテを開いた。「誰かがあなたを呼び出した記録もないし」

「そう」レーガンは唇を噛《か》んでため息をついた。

「そういえば、呼び出しがあったかどうか確認もしていなかったわ。目を覚ましてびっくりして、慌ててここに来たから。ピーターのそばにいなかったことに、すごく罪悪感を覚えてしまって」

ソフィーはにっこりしてレーガンの肩をさすった。

「誰にだって睡眠は必要よ。あなたがいつもここにいようとしているのはわかっている。でも、ずっとそばにいたからってピーターの具合がよくなるわけじゃないわ」

それはわかっているが、レーガンはピーターを一人にしたくなかった。七歳のとき、彼女は扁桃腺《へんとうせん》の手術のために入院したが、両親は一度も会いに来てくれなかった。

二人は仕事をしていた。

レーガンは看護師たちに同情された。

ピーターは赤ん坊で、母親がそばにいなくてもわからない。それでも私はとにかく、幼いころの自分みたいにあの子を一人にしたくない。

「私はここにいないといけないの」レーガンはきっぱりと言った。

「でしょうね。私は結構長いあいだ小児科の看護師をやっているから、あなたがそう感じるのもわかるわ。でも、自分のケアもしてあげないと。ピーターが心臓移植を受けて退院したら、あなたは幼い我が子と格闘する日々を送ることになるのよ。そのときのために力を蓄えておかなくちゃ。重い病気を抱えていた子供って、退院後はすごくやんちゃになることが多いの」

レーガンは笑い声をあげた。「すごく楽しみだわ」

「いまは想像するのが難しいと思う。でも、きっとそうなるわよ」

ソフィーはカルテを手に取り、担当している患者の回診を始めた。レーガンはため息をついて、ピーターのもとへ向かった。

保育器にかけられたブランケットをめくり、笑みを浮かべた。状態が安定している姿を見るとほっとする。

そのとき、誰かが肩をたたいた。ケイナンだった。

〈僕を置いていったね〉彼は手話でそう示した。

「ごめんなさい。私……」レーガンは声を落として頬を赤らめた。「まさか泊まってしまったなんて」

〈なぜ小声になるんだい？　僕らが以前、夜をともにしたことはみんな知っている。その証拠が目の前にいるじゃないか〉ケイナンは瞳をきらめかせてにっこりした。

レーガンはくすくすと笑った。「ごめんなさい」

〈謝らなくていい。書き置きも何もなかったから心配したよ〉

「どうしてここにいるとわかったの？」

〈アンドレアスに聞いた〉

ケイナンはそう示してから、顔をしかめて唇を引き結んだ。

「アンドレアスって誰？」レーガンは困惑して尋ねた。

〈隣の部屋に宿泊している男性だ。君が部屋から出てきたのを見たと言っていた〉

「あら」なぜだかレーガンはケイナンの言葉が信じられなかった。何か隠し事をしている気がする。

〈だから、きっとここにいると思ったんだ〉

「そうでしょうね」レーガンはため息をついた。

ケイナンは眉をひそめた。〈どうしたんだ？〉

「なんでもないわ」レーガンはケイナンの顔を見られなかった。隠し事をする人を信用するのは難しい。

「いま何時？」

〈もう十時だ。医学生たちを出迎える心の準備はできているかい？〉

「いいえ。でも、本当は準備万端じゃなくちゃいけないのよね。昨日は私が呼び出されたから休講にしちゃったし」レーガンは作り笑いをした。「あなたは準備できている？」

〈もちろんだ〉ケイナンはにっこりした。

「そう。じゃあ行きましょう」

レーガンはソフィーに手を振って部屋を出た。

「それで、そのアンドレアスだけど……」

〈彼がなんだい？〉

「エルモサ人っぽかったわ」

ケイナンは眉根を寄せた。〈なぜそう思う？〉

「私、一年以上イスラ・エルモサにいたのよ。アクセントですぐわかるわ。それに彼に見覚えがある気がするの。でも思い出せなくて……」

〈君の気のせいだよ。アクセントが似ているだけで、エルモサ人だと思い込んでしまっているんだ〉

ケイナンはいら立っていた。

「なぜそんなに怒るの？」

〈怒っていない〉

「なんだかぴりぴりしているわ」

〈アンドレアスがどこの出身かは知らない。彼はあのホテルに仕事仲間と一緒に滞在している。僕は廊下で何度か顔を合わせただけだ。もうこの話はやめないか？〉

「わかったわ」

「よかった」ケイナンは大きな声で言い、咳払《せきばら》いをした。

ケイナンがまだいら立っているのは明らかだった。

アンドレアスという男性のことで、何か隠し事をしているに違いない。でも、なぜそんなことをするのだろう？

私が気にする必要はないわ。

レーガンはそう考え、疑う気持ちを振り払った。ケイナンが何をしようと彼の勝手よ。彼は息子の父親であり、私はこの病院で彼の仕事を手伝う。でもそれ以上の関係を、ケイナンとの間に築く時間などない。私はピーターのことで手いっぱいなのだから。ケイナンは講義室のドアを開け、レーガンに先に入るよう促した。

いまはこの部屋にいる学生たちのために、手話を通訳することに意識を集中しなければ。だってそれが私の新しい任務なのだから。私はケイナンと仕事をするためにここにいる。彼に対する個人的な感情を持ち込んではならない。

それを肝に銘じておかなければ。

祖国で内乱が起きる前、ケイナンは外科医療の最前線にいた。彼は外科技術の進歩に大きく貢献し、ノーベル賞への階段を着実にのぼっていた。

今回、手術を待つあいだこの病院で働くことになり、ケイナンは楽しみにしていることがあった。注力してきた研究プロジェクトを再開するのだ。

それを可能にするためには、学生たちを訓練して研究に参加させる必要がある。最後に教鞭《きょうべん》をとってから長い時間がたっており、ケイナンは自分に、若者を導くのに必要な忍耐力がいまもあるのかわからなかった。

でも、レーガンがそばで補佐してくれればきっとうまくいく。レーガンがいれば、熱意ある医学生たちと意思の疎通を図ることができるはずだ。イスラ・エルモサの野戦病院で働いていたころ、二人の息はぴったりだった。

いま、ケイナンとレーガンの指導のもとで、医学生たちは戦地を想定したトリアージ実習を行っている。

ケイナンは、自分とレーガンが、仕事の上でどれほどいいパートナーだったか思い出した。生まれた国も経歴も違うのに、一緒に取り組むとなぜだか完璧なまでに仕事をこなせるのだ。

「うまくやっている」間に合わせの器具で複雑な縫合を行っている学生に、ケイナンは声をかけた。

「ありがとうございます、ドクター・ラスカリス」

学生は嬉《うれ》しそうにほほ笑んだ。

ケイナンはうなずいた。

ケイナンは講義室の中を歩き回り、学生たちの作業を見守っていた。レーガンは数人の学生に、不潔域をドレープで覆うやり方を実践して見せている。

そんな彼女の姿を眺めていたとき、視界の端でアンドレアスの姿をとらえた。彼は講義室の窓の外に立っていた。

ケイナンの胃がずしんと重くなった。

アンドレアスの硬い表情から、ただごとではないとわかった。

ケイナンは講義室を飛び出した。レーガンが後ろから呼んだが、無視してアンドレアスに近づいた。

「マスコミに知られました」アンドレアスははっきり言った。「誰がリークしたのかはわかりません。報道陣がホテルとこの建物の前に集まって……」

〈病院に来ているのか？〉

アンドレアスは唇を引き結んでうなずいた。

なんてことだ。

ケイナンは髪に手を差し入れて引っ張った。居場所を知られてしまった。情報をもらしたやつを見つけたら、医師の職業倫理など無視して、ひどい目にあわせてやる。

「ケイナン、いったいどうしたの……？」レーガンの声がした。彼女はアンドレアスを見つめていた。今朝より以前に、彼を見たことがあると気づいたようだ。

ケイナンの心臓が波打った。内戦時、アンドレアスはケイナンのボディガード兼兵士でもあったからだ。一度彼が負傷したとき、手当てをしたのがレーガンだった。

「あなたのことを知っているわ」レーガンは小さな声で言った。

「ええ、今朝お会いしましたね」アンドレアスはごまかした。

レーガンはかぶりを振った。「そうじゃなくて、あなた、兵士だったでしょう。私が手当てしたもの。たしかもっと髪が短かったはず……あなたはエルモサ人ね」

アンドレアスは不安な顔でケイナンをちらりと見た。レーガンはそれを見逃さなかった。

「いったいどういうこと？」レーガンの声が大きくなっていった。「ごまかさないで、ケイナン。何か隠しているんでしょう」

〈説明させてくれ、レーガン〉ケイナンは手話で示し、顔をこすった。

そのとき、外科医長のマイケル・マクニールがこちらに向かって駆けてくるのが見えた。

「ドクター・ラスカリス！　ちょっといいですか」

レーガンは顔をしかめた。「マイケル？　どうかしたの？」

「それが」マイケルは腕を組んでケイナンを見た。

「病院に記者が押し寄せているんだ」

「記者？」レーガンが言った。

「ああ。救急車専用の駐車スペースを塞いでしまっている。警備員がなんとかして追い払おうとしているんだが」マイケルはいらいらしていた。「ドクター・ラスカリス、彼らはあなたを探しているんです」

　ケイナンのみぞおちが締めつけられた。怒りと同時に敗北感を覚える。いまとなってはもう隠れても無駄だ。

　僕がここにいることが世間に知られてしまった。手術を終えて声を取り戻すまでは、人目につきたくなかったのに。

　レーガンは困惑した表情を浮かべていた。「ケイナン、いったいどういうことなの？」

　アンドレアスは咳払いをした。マイケルはレーガンの後ろで、レーガンと同じくらい混乱した顔をしていた。

　ケイナンは大きく息をつき、力を総動員してかすれた声を出した。「僕は、イスラ・エルモサの行方不明の王なんだ」

5

「あなたが……なんですって？」レーガンは聞き間違いかと思って尋ねた。「あなたが王ですって？　エルモサの王？　彼は死んだんじゃなかったの？」

　ケイナンは息をついて目をそらした。

「ドクター・ラスカリス？」マイケルが声を出した。

　アンドレアスが前に出て言った。「宮殿が爆撃されてお兄様のアレクサンダー七世が亡くなったあと、この方は王になったのです。ご存じのように、アレクサンダー王の支配体制は脆弱《ぜいじゃく》で……」

　ケイナンはレーガンに視線を戻した。彼の瞳に宿る炎は、レーガンをぞっとさせた。

〈兄が死んで、いまは僕が国王なんだ。行方不明の王は僕だ〉ケイナンが手話で示した。

レーガンは眉根を寄せた。「エルモサ王室が使用する名字はラスカリスではないわ。それに初めて会ったとき、あなた、家族はギリシア出身だって言っていたじゃないの」

ケイナンはため息をついた。〈母がギリシア出身なんだ。イスラ・エルモサはスペイン人とギリシア人によってつくられた国だ。ラスカリスは王室とゆかりのある名前だが、僕のような補欠の王位継承者のみが使っている。僕は王になっても名前を変えたくなかった。僕はいまでもドクター・ラスカリスだ〉

悲しげなケイナンの顔を見て、レーガンの心が少し和らいだ。王になったことを、彼が喜ばしく思っていないのは明らかだった。

「あなたは仕掛け爆弾の破裂で負傷したのよね？」

〈そうだ。僕は兄を助けようとしたが無駄だった。兄は被弾して亡くなった。王室のメンバーで唯一生き残った僕を、国から引き離して保護するのが賢明だとカナダ政府は判断した。だから僕はカナダに来て療養し、いまは手術を待っている。本当は無為に過ごしていられないんだが、いま国に戻るのは安全とは言えないんだ〉

レーガンはうなずいたが、話をすべて理解するのは難しかった。

イスラ・エルモサで一緒に働いているときに、どうして王子であることを教えてくれなかったの？　私はずっと、彼を一人の外科医だとしか思っていなかった。

でも、そもそも私たち、個人的なことを打ち明け合ったりしたかしら？

いいえ。一度もしなかったわ。

いまなら理解できる。ケイナンが、どこか威厳のある雰囲気をまとっていたのはなぜなのか。エルモサ軍兵士や負傷した市民が、なぜケイナンをおそれ敬っていたのか。彼が王子だったからだ。

そのとき、あることに気づいてレーガンはまた恐怖を覚えた。ケイナンが国王なら、ピーターは王子ということになる。

親権争いになったら、ピーターを私のそばに置いておけないかもしれない。どんなに幼くても、ピーターは父親の祖国に対して義務を負っている。あの子は私のものではなく、イスラ・エルモサのものだ。

レーガンの懸念を読み取ったかのように、ケイナンはこう示した。〈僕が王だとわかったからといって、何も変わらないよ。ピーターは君の息子だ。僕は君からピーターを奪ったりしない〉

信じたいのはやまやまだが、いまのレーガンは、頭を整理するのも難しかった。「よくお兄様が許したわね。あなたが野戦病院で医師として働くことを」ほかに言うことが思いつかずに言った。

〈兄は僕のことなどあまり気にかけていなかった。僕は単なる補欠だったから〉ケイナンはアンドレアスのほうを向いた。〈ドクター・マクニールと協力して、マスコミを追い払ってくれ〉

アンドレアスは深く頭を下げた。「かしこまりました、陛下」

マイケルとアンドレアスが歩み去ると、ケイナンは悲しみをたたえた顔でレーガンを見た。

〈すまなかった、レーガン。手術が終わるまでは誰にも言えなかったんだ。無事に戴冠式を迎えられるよう、いまはカナダの保護を受けている状態だから〉

レーガンはうなずいたが、まだすべてがのみ込めないでいた。「宮殿が爆撃された日って……」

〈僕は兄のアレクを宮殿から脱出させようとしたんだ。だがアレクは出ていこうとしなかった。彼は僕が王になりたがっていると思っていた〉

「どうしてそんなふうに思ったの?」

〈愚かだったからさ。僕が兄を外へ連れ出そうとしているときに爆弾が破裂した。兄は助からなかった。だから僕が王になったんだ。声の出せない王に〉

「私、なんて言ったらいいか……」レーガンは上の階にいるピーターを思った。恐怖が襲ってくる。マスコミが小児集中治療室まで押しかけてきたらどうしよう。「マスコミはピーターのことも知っているの?」

ケイナンはかぶりを振った。〈いや、知らないよ。彼らは君のことも、ピーターのことも知らない。僕は今後も君たちの存在を隠すつもりだ。君たちの身を守るために〉

レーガンは相槌《あいづち》を打ったものの、そんなことが可能なのかわからなかった。いまとなってはもう何もわからない。ケイナンのことだって、本当に理解できているのか怪しい。

私はケイナンのことを、エルモサ人の医師だとしか思っていなかった。名高い人物などではなく、自分と同じように、命を救うために奮闘している医師だと思っていた。だが実際はそうではなかった。彼は二重生活を送っていたのだ。

ケイナンは王なのだ。

〈ロイヤル・ヨーク〉にボディガードがたくさんいたのも納得できる。カナダ政府が彼をここに呼び寄せたのも。ドクター・ショーは、カナダで最も腕のいい耳鼻咽喉科医だ。それに、ケイナンがあんなにも豪華なホテルに滞在しているのも説明がつく。

ケイナンは保護されているのだ。

「ドクター・ラスカリス、ドクター・コート……私たちはどうしたらいいのでしょうか?」学生の声がした。

レーガンとケイナンが振り返ると、講義室のドア口に医学生が数人立っていた。彼らはおそれ多いとばかりに、目を丸くしてケイナンを見つめている。

彼らも耳にしたことがあるだろう。内戦がイスラ・エルモサの国民を分断したことを。亡くなったアレクサンダー王が独裁的な君主で、国の資源を無駄遣いし、多くの国との貿易関係を絶ち切り、産業を荒廃させたことを。視野の狭い国王であり女たらしでもあった彼が、多くの命を危険にさらしたことを。

そして、現在の国王が行方不明であることも。

「今日は大学に戻ったほうがいいわ。授業はここまでにしましょう」レーガンは言った。

学生たちは講義室へ戻り、荷物をまとめた。レーガンはその場所から離れた。頭を整理する必要がある。

ひとけのない廊下をレーガンが進んでいくと、すぐにケイナンが追いついてきた。いま歩いている病棟は病室が閉鎖しているから、静けさの中で落ち着きを取り戻せると思ったが、無理なようだ。ケイナンがひたすら手話で語りかけてくる。

〈さっき伝えたとおりだ。僕が王だからといって何も変わらない。僕たちはイスラ・エルモサじゃなく、カナダにいるんだから〉

レーガンは彼を信じたかったが、できなかった。

〈何も変わらないよ〉ケイナンはしつこく示した。

「本当かしらね？」

「僕はいまも僕のままだ」彼はかすれた声で言った。

「私にはそれが誰なのかわからないわ」レーガンは足をとめて彼と向き合った。「私はあなたが誰なのか知らなかった。ずっとそばで働いていたけれど、お互いのことは何も知らないままだった」

ケイナンは顔をこすった。〈王位継承順位第二位だなんて、君に言えるわけない。僕が誰なのか知ったとたん、態度を急変させた女性がどれだけいたと思っているんだ？　彼女たちは僕じゃなく、金や地

位が欲しいだけだった。でも君と一緒にいるときは、僕は僕自身でいられたんだ〉

「私はお金目当ての女じゃないわよ。そんなの、わかっていたはずでしょう」

〈もちろんいまはわかっているよ。だが、僕が躊《ちゅう》躇《ちょ》した理由は理解できるだろう？　出会ったときは、君のことを何も知らなかったんだから〉

レーガンは少し考えて、うなずいた。「そういう女性たちって……何人ぐらいいたの？」張りつめた空気を和らげたくて尋ねる。

ケイナンはにっこりした。〈そんなに多くはないよ。僕は兄みたいなプレイボーイじゃない〉

「もっと早く本当のことを教えてほしかったわ」

〈教えたところでどうなる？　何も変わらなかったよ。僕たちは戦地にいた。僕は自分のことを王位継承者だとは思っていなかった。父の跡を継ぐよう訓練されてもいなかったし。僕はただ医師でいたかったんだ〉

「それで、あなたが王であることは、私たちの息子にとって何を意味するのかしら」

〈いまのところは何も。ピーターは非嫡出子だ〉

レーガンは目を丸くした。いまのところはって……どういう意味？

何も変わらないと言ったにもかかわらず、ケイナンはピーターを嫡出子にして連れていくつもりなの？　そのときレーガンは、嫡出子にするということがどういう意味なのかに気づいた。結婚だ。

息子をもうけたという理由だけで、ケイナンと結婚するなんて絶対にあり得ない。

そんなことを基盤にして成り立つ結婚なんてない。私の両親は、母が私を身ごもったから結婚した。母は私のせいで父の心が離れたと責めた。

私は父と母のような結婚はしたくない。

というか、結婚自体したくない。

「いまのところってどういう意味なの？」

〈僕たちが結婚したら……〉

レーガンは笑いをもらした。「あり得ないわ」

ケイナンは眉をひそめた。〈結婚してくれとは言っていないよ〉

「余計な手間を省いてあげているの。あり得ないわ」

〈レーガン、ピーターは僕の息子でもあるんだ〉

「それはわかっています、陛下。でも、あの子があなたの息子だからといって、私があなたと結婚する理由にはならないわ。あなたが王だからといって、私があなたとの結婚を望むこともない」

ケイナンはぐるりと目を回した。〈だから君に言わなかったんだ。君は態度を変えた〉

「私を好ましいと思ったのは、あなたの地位やお金目当てじゃなかったからでしょう。いまだって違うわよ。私は態度を変えてなんかない」

〈さっきより辛辣になったじゃないか〉

「当然でしょう！」

〈なぜだ？〉彼は尋ねた。

レーガンは理由を言えなかった。ケイナンにも誰にも、つらい過去を打ち明けたくはない。心の内を見せて、弱さをさらけ出すことはしたくない。

「ごめんなさい。とにかくあなたとは結婚できないわ。私は誰とも結婚したくないの」

ケイナンは首を振り、レーガンに一歩近づいた。

〈君は、一度も僕に好意を持ったことがないというのか？〉

「好意を持っていたわよ。でも、はるか昔のことのように感じるの。それにあなたは、私が思っていたような人じゃなかったし」

彼は手を伸ばしてレーガンの頬に触れた。

〈あのころであっても、僕が求婚したら断っていたのかい？　僕が君の思うとおりの男だったあのころ

でも？〉

「私たちは友人だったはずよ。あなたはあのころ、私にプロポーズしたいと思っていた？」レーガンはそう言ったものの、心臓が早鐘を打っていた。

いまでもケイナンに触れられただけで体が反応する。彼に抱き締められ、キスされたときのことを思い出してしまう。

「もしも、状況が違っていたら……」ケイナンはささやき、そしてまたレーガンの頬を撫《な》で、彼女の体に腕を回した。

レーガンはケイナンを押しのけた。「ケイナン、そんなことをしても何も変わらないわ。私は結婚したくないの。あなたが王族だろうとそうでなかろうと、私の気持ちは変わらない」

〈レーガン、僕は君とピーターの面倒を見られる〉

「どうやって？　ピーターを王子にしたって、あの子に新しい心臓をあげられるわけじゃないわ」

ケイナンはがっかりした顔になった。〈僕は君たち二人を守ってやれる〉

「守るって、何から？」

〈イスラ・エルモサの王政を打倒しようとするやつらからだ〉

「でもあなた、言ったじゃない。ピーターは嫡出子じゃないから危険はないって。あなたと結婚したら、自分たちを危険にさらすことになるわ」

ケイナンは肩を落とした。〈非嫡出子であっても、僕に子供がいて、その母親が君だとばれてしまったら……君は標的になるだろう。すまない。僕はただ……これまでは何もしてやれなかったが、君たちを守ることはできる。頼むから、僕に正しいことをさせてくれ〉

レーガンはケイナンの手を握った。「いまここにいてくれるだけで十分よ。でも、ピーターのことは守らないと。あの子の名字はラスカリスじゃなくてコートよ。あなたがあの子の父親だと知っているのは、小児集中治療室のスタッフとマイケルだけ。彼らは秘密をもらしたりしないわ」

〈僕の警護チームも知っている〉

レーガンの胃が締めつけられた。「ピーターのそばには近寄らないで。彼らは目を引くわ」

ケイナンはいら立った様子で唇を引き結んだ。

〈警護をやめさせたりはしないよ。そんなことできるわけない。彼らはイスラ・エルモサの王室を守ってくれているんだ〉

「マスコミに知られてしまうわ」

〈病院には立ち入らせないようにするよ〉

レーガンはぐるりと目を回した。「マスコミを見くびらないほうがいいわよ」

〈わかった。警護チームには目立つ行動を控えさせる。だが、もし君やピーターに何かあったら、僕はすぐに警備隊を出動させる〉

「いいわ」レーガンは手を出して、ケイナンと握手しようとした。

だがケイナンは彼女の手を取らなかった。〈アンドレアスのところに行って、何も問題ないか確認してくる〉

「わかったわ。私はピーターの様子を確かめに行く。そのあとは救命救急室に行って、必要なら手伝いをしてくるわ。学生たちを早く帰しちゃって時間ができたし」

〈今夜、一緒に食事をしたいんだが〉

「目立たないようにするんじゃなかったの？　一緒に食事をしたりしたら、マスコミに見つかるんじゃない？」

〈僕のホテルの部屋でなら大丈夫だ。君のことは知られていないし、僕の護衛たちが報道陣の目をそらしてくれる〉

レーガンは腕組みをした。「なぜ私と食事したいの？」

ケイナンは鼻筋をつまんだ。〈なぜ君はなんでもかんでも疑問に思うんだ？〉

「今夜は病院を出るつもりはないわ。昨日だって離れるべきじゃなかったの。私はここにいなくちゃいけないんだから」

〈なんのために？　ピーターの容態は安定しているじゃないか〉

「私はここを離れないわ。だから今夜あなたと食事はしない」

〈わかった。でも諦めたわけじゃないよ〉

ケイナンが去っていき、レーガンはかぶりを振った。私が同意するまでしつこく誘い続けるつもりだろう。でも今夜は、ここを離れるつもりはない。

今夜はピーターのそばにいるわ。

ケイナンは小児集中治療室の外で待っていた。中には入らなかった。記者がこっそり忍び込んでいるかもしれないからだ。ピーターの姿を見られないのはつらいが、いまは我慢するしかない。

レーガンと結婚し、ピーターを正式な後継者にするまでは、僕は息子と距離を置く必要がある。

マスコミにピーターの存在を知られたら、大騒ぎになってしまう。それでも僕はピーターを跡継ぎにするつもりだ。レーガンと結婚して、彼女と息子を養わなければならない。それが正しい道なのだ。

レーガンが廊下を歩いてきた。下を向いて首をさすっている。疲れているのだろう。僕が力になりたい。たとえ僕を信用していないとしても、彼女には僕の助けが必要だ。

ソフィーから聞いた話では、レーガンは出産以来、毎晩ピーターに付き添っているらしい。昨夜を除いては。彼女は産後の体をゆっくり休めることもできなかったのだ。

一晩ぐっすり眠ったぐらいでは、これまでの睡眠不足や疲れを解消できるはずもない。一人でずっと背負ってきた重荷がおろせるはずもない。

「レーガン」声が彼女に届くか不安なまま、ケイナンは呼びかけた。

レーガンは立ち止まって顔を上げた。「ケイナン、てっきりホテルに戻ったんだと思っていたわ。護衛がいないから」

〈見えないだけで、つねに近くにいるよ〉

レーガンは半笑いをした。「ここで何をしているの？　食事はしないって言ったはずよ」

〈わかっている。だが、君はちゃんと食事をとらなきゃだめだ〉

「私は病院を離れないわ。そう言ったでしょう」

〈ああ。だから、講義室に食事を用意させた〉

「なんですって？」

〈食堂の料理だよ。昨日君が、食堂のメニューには飽き飽きしていると言っていたのはわかっている。だが君は病院を離れないと言うし、僕も人目を引きたくない。ほかに選択肢がなかったんだ〉

レーガンは腕を組み、破顔一笑した。「あなたってしつこいのね」

〈王になっても、あまり変わっていないんだ〉

「国王になったら変わるのが当たり前なの？」

〈わからない〉

二人とも笑い声をあげた。

〈行こう。あの子の容態は落ち着いている。まずは食事をして、そのあとでピーターに付き添えばいい〉

「どうかしら……」

レーガンはケイナンの肩越しに小児集中治療室のドアを見た。彼女がそちらに行きたがっているのがケイナンにはわかった。彼も同じ気持ちだった。

息子が病気で横たわっているときに、そばに行かないでいるのは難しい。

〈君が体調を崩したらピーターのためにならない。君は食事をしないとだめだ、レーガン。行こう〉

レーガンはドアから視線を離してうなずいた。

「あなたの言うとおりね」

〈当たり前だ。僕は王なんだから〉

ケイナンは冗談のつもりだったが、レーガンは目をぐるりと回した。だが同時に笑い声もあげた。

「案内していただけるかしら、陛下」

〈僕は君の陛下じゃないよ、レーガン。君はエルモサ人じゃない〉ケイナンは腕を出した。〈とはいえ僕は紳士だから、もしよければ君をエスコートさせてもらえるかな？〉

レーガンはケイナンの腕を取った。二人で廊下を進み、反対側の棟へ向かった。

二人は無言で歩いた。夜の病院は静かだ。食堂にはコーヒーとサンドイッチしか置いておらず、売店は閉まっている。吹き抜けのロビーの窓の外では静かに雪が降っている。

もうじきクリスマスだ。クリスマスが終われば手術の日がやってくる。そして新年になったら、僕は戴冠式を迎えるのだ。

手術が無事に成功し、命が助かればの話だが。

最後にクリスマスを祝ったのがいつだったか、ケイナンは思い出せなかった。母が亡くなってからは父に適当な言い訳をして、休暇を宮殿で過ごさないようにしていた。だからもう何年もクリスマスを祝っていない。クリスマスの時期もひたすら仕事をし、それを楽しんでいた。

そして内乱が勃発した。

野戦病院で、ケイナンはレーガンとクリスマスを過ごした。彼女はクリスマスの賛美歌を負傷兵に歌って聞かせた。それを思い出すと、ケイナンの顔に笑みが浮かんだ。

「何を笑っているの？」レーガンが訊《き》いた。

〈君と過ごした去年のクリスマスを思い出したんだ〉

レーガンもにっこりした。「あの夜のことは覚えているわ」

〈君は傷を負った兵士たちに希望を与えていた〉

「クリスマスは希望の日だもの。とはいえ私自身はクリスマスになじみがないんだけど……」

〈子供のころ、クリスマスのお祝いをしなかったのか？〉

「あまりしなかったわ。両親は私と一緒に過ごしたがらなかったから。七歳までは祖母がいて、休暇を楽しく過ごさせてくれたけれど、両親は私に冷たい態度を取っていた。二人は私が、欲しくてもうけた子供ではないことをはっきり示したわ」

ケイナンは眉根を寄せた。〈気の毒に。気持ちはよくわかるよ〉

「わかるの？　あなたのお父様は偉大な国王だったんじゃないの？」

〈ああ、偉大な王だった。でも、父親としては冷たくてよそよそしかった。僕は補欠の王位継承者だったから、父とあまり一緒に過ごしたことはない。それにクリスマスの時季は、仰々しい儀式や行事が多かったしね〉

「お互い、つらい子供時代だったみたいね」レーガンはつぶやいた。「それでも、クリスマスの時季は希望を感じるわ」

〈今年のクリスマスも希望を感じるかい？〉

レーガンはため息をついた。「そう努めているけれど、なかなか難しいわね。ピーターは初めてのクリスマスをここで過ごすことになるから」

〈少なくとも、あの子は生きている〉

レーガンは目を潤ませてほほ笑んだ。「そうね」

ケイナンは講義室のドアを開けた。食堂から食器とカトラリーを借り、アンドレアスの手を借りてテーブルを整えていた。

彼は椅子を引いてレーガンに座るよう促した。彼女が座ると、自分も隣に腰をおろした。

「メニューは何かしら」

ケイナンはサラダの入った容器の蓋を持ち上げた。食堂が閉まる前に注文しておいたサラダだ。〈たしか、コブサラダと呼ばれているものだと思う〉

「ここの食堂のコブサラダはすごくおいしいのよ」

〈そうか。これは前菜だよ。メイン料理はマカロニチーズだ。僕は食べたことがないんだ〉

「冗談でしょう？」

〈本当だ。イスラ・エルモサではマカロニは主食ではないし、僕は専属の料理人がいる宮殿で育ったからね。マカロニチーズは彼らのレパートリーにはなかった〉

「じゃあ、これまでもったいないことをしてきたわね」

彼は含み笑いをもらした。〈さっきちらりと見たんだが、それはどうかな〉

レーガンが相好を崩すと、蛍光灯の光の下で瞳がきらりと光った。

〈君の笑顔は美しいね、レーガン〉

レーガンは赤面した。「あなた、前にもそう言ったわね」

〈本当のことだ〉

「なぜなの？」

〈なぜって？〉

「なぜ食事の用意をしてくれたの？」

〈ピーターが生まれたとき、僕はそばにいてあげられなかったからだ。重荷を背負い込んでいる君の力になりたい。あまり頑《かたく》なにならずに僕を信用してくれ〉

レーガンは目をそらした。「いまのあなたが、私の手助けをするのは危険だわ」

〈わかっている。だが、少なくともこれぐらいはできる〉

レーガンの背筋がこわばった。「助けはいらないわ。この状況をつくったのはほかでもない私自身だもの。だから自分でなんとかするわ」

〈だが僕のせいでもある。ピーターが無原罪懐胎でできた赤ん坊じゃないかぎり、僕も責任の一端を担っているんだ〉

レーガンはため息をついて、体の力を少し抜いた。

「わかったわ。食事を用意してくれてありがとう。すごく嬉《うれ》しいわ」

ケイナンはうなずいた。〈体力を落とさないためにも、ちゃんと食べないと。病気になったり、過労で倒れたりしたらピーターのためにならない〉

レーガンは首を縦に振り、二人は無言で食べた。だが気まずくはなかった。


食べ終わると、レーガンは椅子の背にもたれた。

「おいしかったわ。マカロニチーズのお味はどうだった？」

〈ええと……興味深い味だったよ〉

ケイナンが顔をしかめた。笑い声をあげたレーガンは、携帯電話を手に取ると眉をひそめた。

〈どうかしたのか？〉ケイナンは尋ねた。

「ピーターよ。バイタルが少し低下しているの」レーガンは唇を噛《か》んで立ち上がった。「そばにいてあげないと」

〈行くんだ。もし何かあれば必ず知らせてくれ。頼む〉

レーガンの表情が和らいだ。「ええ、そうするわ。食事をありがとう」

ケイナンがうなずくと、レーガンは講義室から出ていった。

ケイナンは椅子に深く座り直した。頭が少しくらくらする。いま息子に起きていることも、息子が無力であることも考えないようにした。あまりにもやりきれないからだ。

僕はレーガンと結婚しなければならない。彼女とピーターを守るために。僕が手術を生き延びられなかったときのためにも。だがレーガンと結婚すれば、僕はレーガンとピーターの生活をぶち壊して、二人に王室の掟《おきて》を強いなければならなくなる。

本当は、いますぐ二人から離れるべきなのだ。でもそれはできない。そう思うと、ケイナンは怖くなった。

6

講義室でケイナンと夕食を食べてから数日がたっていた。あんなふうに誰かに親切にしてもらうのは、本当に久しぶりだった。

あなたは私の思っていたような人じゃなかったと私はケイナンに言ったけれど、それは正しくないのだろう。私がよく知っていた男性は、いまのケイナンの中にも間違いなくいる。彼は何も変わらないと言ってくれた。ピーターを取り上げたりはしないと。

ケイナンを信じていいのかしら？

疑ってしまう自分がいやになり、レーガンはため息をついた。

あの講義室での夜以来、ケイナンはレーガンからもピーターからも距離を取っている。レーガンはそれがつらかった。ピーターの容態があまりよくないことも、つらさを増大させた。

でも、距離を置いてほしいと言ったのは自分でしょう？　忘れたの？

私がそう頼んだのはピーターを守るためだった。でもいまとなっては、正しい判断だったのかわからない。

ピーターには父親と母親、両方が必要だ。私はピーターからケイナンを遠ざけることも、ケイナンからピーターを遠ざけることもするべきではない。でも、父親と関わることでピーターが傷ついたらと思うと怖い。

イスラ・エルモサは大西洋の向こうにある。ピーターを奪いはしないというケイナンの言葉が本当なら――ピーターは父親にあまり会えないだろう。ケイナンは国王としての責務を優先しなければならない。もし、ケイナンが妃《きさき》を迎えたらどうなるの？

王には妃が必要だ。

私がその妃になることもできる。

いいえ、ならないわ。私の人生はここにあるんだもの。

でも、それっていったいどんな人生なの？

とにかく、私はピーターが傷つかないようにしなければならない。ピーターには私みたいに、親に見捨てられる感覚を味わってほしくない。だから、マスコミにピーターの存在が知られないよう、ケイナンが距離を取っているのは正しいことなのだ。ケイナンがトロントにいることは、ありとあらゆる新聞で報道されている――新聞を読む暇はないので、見出しを見ただけだけれど。

世界はケイナンが沈黙を破るのを待っている。だが、ケイナンにはできない。手術を終えるまでは。

いま、レーガンは遠くからケイナンを見つめていた。彼は誰もいない講義室で、一人座って書き物をしている。イスラ・エルモサにいたころ、彼が話してくれたことがある。もともとは外科技術開発の第一線に立っていたが、内戦のために研究を中断しなければならなかったと。

彼は現在、再び研究に着手している。

ケイナンはとても強い人だ。その強さに私は惹《ひ》かれた。レーガンはケイナンを見つめたまま、一人でほほ笑んだ。彼は、いったいどうやって私の心の中へ入り込んだのかしら？　高揚感とともに不安も覚える。私はずっと防御の壁を築いてきたのに、ケイナンはそれを飛び越えて私の心をとらえたのだ。

「私を覚えていてくれたんですね、ドクター・コート？」

レーガンが振り返ると、男性が立っていた。ケイナンのボディガードのアンドレアスだった。

「ええ、思い出すのに少し時間がかかったけど。以前は髪を剃《そ》っていたでしょう」

アンドレアスはにっこりした。「軍では丸刈りが義務づけられていましたが、この長さのほうが好きなんです。陛下は、任務に差し障りがなければ髪型はなんでもいいという考えですし」

「すぐに思い出せなくて、ごめんなさいね」

「とんでもない。あなたはいま、それどころじゃないでしょう。特にご子息がご病気とあっては」

レーガンはうなずいた。「ピーターから目を離さないでいてくれてありがとう。あの子はエルモサ人じゃないのに……」

「エルモサで生まれていなくても、半分はエルモサ人です。そして王位継承者です――もし正式に王の子供となれば、ですが」アンドレアスは期待のこもった目でレーガンを見た。

レーガンは気まずそうに笑みを浮かべた。「そうね……」

「あなたは私の命を救ってくれました。クリスマスの歌も歌ってくれましたね。あのときのことは決して忘れません」

レーガンはにっこりした。「私は職務を果たしただけよ。あなたと同じようにね。感謝する必要はないわ」

「優しい歌声に希望をもらいました。あなたはいまも私に希望を与えてくれています」

「どういう意味？」

アンドレアスは何か言おうと口を開いたが、レーガンの肩越しに目をやると固まった。「申し訳ありません。仕事に戻らないと」

レーガンが振り向くと、ドア口にケイナンが立っていた。ポケットに手を突っ込んでアンドレアスをにらんでいる。レーガンの背筋に冷たいものが走った。

そそくさと離れていくアンドレアスを、ケイナンはじっと見つめたままだった。

「ずいぶん傲慢ね」レーガンはぴしゃりと言った。王であろうとなかろうと、威張った態度は好きではない。

〈彼は持ち出すべきでない話題を持ち出した〉ケイナンは手話でそう示すと、小声で毒づいた。

「なんのこと？」

〈僕の国の問題は君には関係ない。君は知る必要がないんだ〉

「まあね……」

〈それに、アンドレアスが僕らの私生活に踏み込む必要もない〉

「確かにそうね」

ケイナンの表情が和らいだ。〈それで、調子はどうだい？　ここ数日、顔を合わせていなかったね〉

「忙しくしていたわ。実はいまからピーターの主治医のオフィスへ行くところなの。あなたも一緒に行きたいか訊《き》こうと思って」

ケイナンは顔をしかめた。〈ピーターに何かあったのか？〉

レーガンはため息をついた。「このところあまり具合がよくなくて。先生が話をしたいって」

彼は眉をひそめた。〈その医師は僕が誰なのか知っているのか？〉

「あなたがピーターの父親であり、イスラ・エルモサの国王であること？　ええ、知っているわ。大丈夫よ。彼はマイケルの指示どおり、秘密保持契約にサインしたから」

ケイナンはほっとした表情を浮かべて息をついた。

〈だったら、ぜひ一緒に行かせてほしい〉

「いいわ」

〈僕が一緒に行って構わないのかい？〉

「いやだったらそもそも訊かないわ」

〈君に言われたとおり、距離を取るようにしていたんだ〉

レーガンの胃が罪悪感で痛んだ。「そうね。でも、ひょっとしたら私が間違っていたかもしれない」

ケイナンは驚いた表情をした。

「というか、間違っていたわ。距離を取らないでほしいの」

ケイナンがいつかここを去ること――それがピーターを傷つけるかもしれないと、私は恐れている。でもピーターが父親を知らずに育ち、あとになって母親が父親を遠ざけたと知るほうがずっとひどい。

ピーターにはケイナンが必要だ。

ケイナンはにっこりした。瞳がきらりと光り、レーガンをとらえる。〈だったら、距離を取るのはやめるよ〉

「よかった」

ケイナンが講義室に鍵をかけると、二人はドクター・ブラッチオのいる小児科病棟へ向かった。

レーガンはため息をついて言った。「ときどき私、両親がいないほうが自分は幸せだったんじゃないかと思うことがあるの」

〈なぜ?〉

「私は望んでできた子供じゃなかったから。二人が抱えた怒りはひどいものだった。私は絶対、あんなふうに人に負の感情を向けたくない」

〈君は愛されていなかったのか?〉

「あなたはどう? お父様はよい父親ではなかったと言っていたけど」

〈ああ。だが、母は僕を愛してくれた〉ケイナンは切なげな笑みを浮かべた。〈僕は運がよかったよ〉

「私、あなたがここにいてくれて嬉《うれ》しいわ。ピーターにはあなたが必要だもの。あの子には、父親と母親の両方が必要なの。私の両親は、私が必要としているときにそばにいてくれなかった。みじめだったわ。でも、あなたはいまここにいる。ピーターには、父親であるあなたと触れ合ってほしい」

ケイナンはうなずいた。〈ありがとう。僕もピーターと触れ合いたいよ。イスラ・エルモサへ戻る前にね〉

レーガンのみぞおちが締めつけられた。「あなたは国を治めなければならないものね」

〈そのことは心配しなくていい。僕は今後もピーターを支えるつもりだ。もちろん、ずっとそばにいることもできる。もしも——〉

レーガンは彼が言おうとしていることを聞きたくなかった。

「研究はうまくいきそう?」

〈ああ。また着手できて嬉しいよ。情熱を注いできた研究だからね。僕は一度だって王になりたいと思ったことなんかない。僕はただの外科医でいたかったんだ〉

「ええ。知っているわ」

〈君は息子以外に情熱を傾けるものは何かあるのかい?〉

「どうかしら。軍で過ごした日々は充実していたし、イスラ・エルモサでの任務を終えたときは、病院で外科治療に携わるのを楽しみにしていた。そして、それ以外のことは何も計画していなかった。何も頭になかったんだと思う。だって妊娠がわかったとき、優先順位が変わってしまったから」

〈やりたいことが何かあったはずだ〉

「前は教える仕事をしたいと思っていたの。母校で教鞭《きょうべん》をとりたいって」

〈母校?〉

「オンタリオ州ロンドンにある医科大学よ。ロンドンはここから二時間ぐらいで行ける小さな街で、私、大好きだったわ。トロントは生まれ育った街だけど、私には大きすぎるのよね。住宅の値段も桁外れに高いし。でもロンドンでなら家を買えるし、庭でピーターを遊ばせることもできる。とはいえ、ピーターが疾患を持って生まれたから、私はここにとどまる以外に選択肢がなかったけど」レーガンは神経質な笑いをもらした。「あなたと違って、ノーベル賞を受賞するとか、大きな野望じゃないんだけど」

〈だが、すばらしい野望だ〉ケイナンはにっこりした。〈夢を持つのはいいことだよ。僕は子供のころ、外で自由に遊ぶ贅沢《ぜいたく》は許されていなかった〉

「そうなの?」

〈ああ。若い王子にはつねに危険がつきまとっているからね〉

「自由がなかったのは気の毒ね。とはいえ私も、あまり自由があったとは言えないけれど。安全な遊び場所もそんなになかったし。私、ダンフォースで育ったから」

〈ダンフォースって?〉

「トロントのある地区の呼び名よ。ここから近いわ。慌ただしい街で、私はすごく狭い庭で遊んでいた。両親はどこにも連れていってくれなかったから。旅行もしなかった。二人にとって私は重荷だったんだと思う」

ケイナンは顔をしかめた。〈そうか。慰めになるかわからないが、僕も、父にとっては重荷だったと思う〉

「でも、お母様にとっては違ったのね」

〈違ったよ。母は僕が十歳のときに亡くなったけどね。母が病に倒れたとき、僕は寄宿学校に入っていた。母にさよならを言うために呼び戻されたんだ〉

「お気の毒に。お母様はなんの病気だったの?」

〈がんだ。長くは苦しまなかったよ。母は何よりも自由を求めていたんだ〉ケイナンはため息をついた。

「自由って? お母様は宮殿に閉じ込められていたの?」

〈ある意味ではそうだ。閉じ込められていたわけじゃないが、王室の人間は特定のルールを守らなければならないからね。だが、母は自由な精神の持ち主だった〉ケイナンは悲しげな笑みを浮かべた。〈母は父を愛していた。でも、父は同じようには母を愛していなかった〉

「わかるわ」レーガンは小さな声で言った。

〈わかるのかい?〉ケイナンは困惑顔になった。

「両親は私に冷たかったし、お互いにもそっけない態度を取っていた。私は最高の子供時代を過ごしたとは言えないわ」

〈気の毒に〉

「私、ときどき思うのよ。ピーターにふさわしい母親になれないんじゃないかって」思わず口走ってしまった自分にいら立って、レーガンは頬を赤くした。

〈君はすばらしい母親だよ、レーガン〉

ケイナンに手を握られ、レーガンの鼓動が速くなった。二人はドクター・ブラッチオのオフィスへ、手を繋《つな》いだまま静かに歩いていった。

オフィスの前に着くとレーガンは深く息をついた。何を言われるか予想はついている。ピーターのカルテを読んだ。息子の命が尽きようとしている。新しい心臓が手に入るのを待っているが、おそらくもう持たないのだ。

ケイナンはレーガンの心を読んだかのように、彼女の手を強く握り、ドアのほうへ顎をしゃくった。

レーガンはケイナンの手を離して、ドアをノックした。

ドクター・ダン・ブラッチオがドアを開けた。

「レーガン、どうぞ入ってくれ。そちらは、ピーターのお父さんだね」

「ケイナンです」ケイナンは用心深く言った。

「ようこそ。お会いできて光栄です」ドクター・ブラッチオはケイナンと握手し、レーガンが椅子に浅く座るとドアを閉め、誰も入ってこられないよう鍵をかけた。

悪い兆候だわ。

レーガンの心臓が激しく打ち始めた。ケイナンは、レーガンのおびえる気持ちを察知したかのように、彼女の肩に手を置いた。

「二人揃《そろ》って来てくれてよかった。あなたたちは二人とも医師だし、遠回しな表現はしないでおくよ」ドクター・ブラッチオはデスクの向こうに腰をおろした。「ピーターの心筋症は急激に進行している」

「どれぐらい持つんですか？」レーガンの声は少し震えた。

「おそらくひと月だ、運がよければ」彼は悲しげに言った。「小児循環器専門医のドクター・ブルーニによると、かんばしくない状況だ」

涙が込み上げて目が痛むが、レーガンはなんとかして冷静を保とうとした。たったひと月ですって？

それだけしか残されていないというの？

「ピーターは心臓移植待機リストの上位に上がり、いまは第一候補者になっている。だがご存じのように、乳児のドナーは少ない。だからピーターにはもう少し踏ん張ってもらいたいんだ」

「あの子は生後三カ月になったわ。それって、移植を受けられるチャンスが増えたってこと？」

「そのとおり。新生児よりはやや有利だ。新生児と違って乳児であれば、もっと年上のドナーからも提供が受けられる。それでも依然として、適合する心臓を見つけるのは難しいが」ドクター・ブラッチオはピーターのカルテを開いた。「いまなら以前よりはチャンスがある」

ケイナンはレーガンの肩をぽんぽんと叩《たた》いた。レーガンは彼が手話で伝えようとしているのがわかった。ドクター・ブラッチオは二人を見つめ、ケイナンの手話をレーガンが通訳するのを待っていた。

「ケイナンが、今後の治療の流れを詳しく聞きたいって。ピーターは左室補助人工心臓《LVAD》を装着することになるの？」

ドクター・ブラッチオはうなずき、ケイナンを見て言った。「できるだけ早く装着手術を実施したい」彼は同意書をレーガンに差し出した。「ピーターにとって手術は初めてではないが、今回は……」

「ええ」レーガンはうつろに声を出した。「でも、これしか望みがないわ」

「レーガン、ケイナン、いまは本当につらい状況だ。できればこういう悪い知らせを伝えたくなかったが……」

レーガンは黙っていた。こんな知らせを、患者の家族に伝えるのが好きな医師なんていないわ。でも、これも医師の仕事なのだ。そして、知らせを受け取る側でいるのはなんてつらいのだろう。

まるで、切れ味の悪いナイフで心臓をえぐられ、それを手渡されているような気分だ。

私の心臓をピーターにあげられたらいいのに。息子のためなら命なんて惜しくない。

レーガンは手に取ったことも覚えていないボールペンをノックして、同意書に名前と日付を記入し、ドクター・ブラッチオに渡した。

「手術はいつ？」

「できるだけ早く行う。小児科と胸部外科のチームが準備を進めている。数時間後には終えられるといいのだが」

レーガンはうなずいた。「付き添いはできる？」

「手術に立ち会うことはできない。申し訳ないが、感染症を防ぐために、あらゆる予防措置を講じる必要がある。体への負担が大きい手術だからね」

「そうね」レーガンは立ち上がった。「ありがとう、ダン」

ケイナンがドアを開けて、レーガンのために押さえてくれた。あらゆる感情が駆け巡り、どうしたらいいのかわからなかった。だから、すべてを抑え込んで蓋をした。

感情に振り回されている場合じゃない。

いまはピーターのために強くいなければ。

ケイナンは理解してくれているようだった。彼は何も言わず、ただレーガンの隣を歩いていた。手を握ってもこない。レーガンはありがたく思った。いま彼に触れられたら、感情が抑えられなくなってしまう。でも、いまは壊れるわけにはいかないのだ。

二人はガウンと手袋とマスクをつけ、小児集中治療室へ入っていった。

看護師と若い研修医たちが、ピーターのベッドのまわりに集まっていた。レーガンは思わず声をあげて向きを変えた。見ていられなかった。

ケイナンがレーガンの肩を抱いた。レーガンは顔を上げ、彼の瞳を見つめた。

「気を強く持って。君は強いんだ」彼はかすれた声で言った。

「これに耐えられるほど強いかわからないわ」

ケイナンは手話で示した。〈君はこれまでもつらいことを切り抜けてきただろう。ピーターは君を必要としている。あの子はきっと持ちこたえるよ。これはあの子にとって絶好のチャンスなんだ〉

「そうよね」レーガンはピーターのほうへ向き直り、手術に向かう準備が整うのを見守った。

ソフィーが顔を上げるとレーガンに向かってうなずき、すぐに作業に戻った。

「私、あの子の泣き声を聞いたことがないの。聞きたいわ」レーガンの目に涙があふれた。「クリスマスの願い事はそれにする」

〈ピーターが新しい心臓をもらったあかつきには、君は一日じゅうあの子の泣き声を聞くはめになって、きっといらいらするよ〉

レーガンはほほ笑んだ。「そうなりたいものね」

手術を担当する医師や看護師がやってきて、管やコードに繋がれたピーターをストレッチャーに乗せた。ピーターはとても小さく見えた。レーガンは息子に触れたくて前に踏み出したが、手は伸ばさなかった。

「触れてあげて」ソフィーがささやいた。「あなたを必要としているわ」

「だめだと言われたの」

「一瞬触れるだけなら構わないわ」

レーガンはうなずいた。涙が頬を伝う。かがみ込み、ゴム手袋をはめた手で息子の頭を撫《な》で、サージカルマスクをつけたまま、柔らかい肌にキスをした。

「待っているからね」そうささやいた。

ケイナンは前に出たが、すぐにためらって、かぶりを振りながら向きを変えた。ケイナンが息子に触れようとしないことにレーガンは傷ついたが、彼の悲痛な顔を見て理解した。

彼はいま、つらくてたまらないのだ。

小児集中治療室からストレッチャーが運び出されていく。レーガンはあとを追った。

手術室の両開きドアの前まで来ると立ち止まり、ピーターが中へ運ばれていくのを見守った。

いまは患者の家族でいることが――ドアの前で待つしかできないことが腹立たしかった。

隣にいるケイナンが言った。「行こう」

レーガンは首を振った。

「レーガン」彼はさっきよりも強い口調で言った。

「ここを離れないわ」

次の瞬間、レーガンはケイナンに抱き上げられていた。ケイナンは彼女を抱えたまま廊下を進んだ。

「何をしているの？」レーガンは金切り声をあげた。

「おろしてよ！」

ケイナンは何も言わず、レーガンを見ることもしないまま、小さな会議室へ入った。部屋の中は暗く、誰もいなかった。彼はレーガンをおろすとドアの鍵をかけ、窓のブラインドを下までおろした。

「いったいなんのつもり？」レーガンは大声を出した。「きっと誰かに見られてしまったわよ。あなた、どうかしているわ！」

〈吐き出すんだ〉ケイナンが手話で示した。

「なんですって？」

〈すべて吐き出すんだ。感情を永遠に封じ込めてはおけない。さらけ出してくれ。心に鍵をかけるのはやめるんだ〉

レーガンは仰天して、ケイナンをじっと見つめた。

頭の中で母の声がよみがえる。

〝いいかげんにして、レーガン。もう大きいんだから泣かないでちょうだい〟飼い犬が死んで泣いているレーガンに向かって、母は続けた。〝大人は泣いたりしないのよ〟

「吐き出すものなんてないわ」レーガンの声は震えていた。

〈レーガン、僕には何も隠さなくていい〉

ケイナンが手話でそう表した瞬間、レーガンの中で張りつめていた糸が切れた。彼女は手で顔を覆って泣き出した。ピーターが生まれてからずっとため込んできた感情を、涙とともに外へ出した。

腕を回して抱き締めてきたケイナンに、レーガンはしがみついた。

彼女は抱き締めてもらう必要があった。悲しみが押し寄せ、体が震える。ケイナンのたくましい腕は心をなだめてくれた。

〝自分を責めないで〟イスラ・エルモサにいるとき、ケイナンはそう言ってレーガンの肩をさすった。

〝君はできるかぎりのことをしたんだ〟

〝いいえ。私は彼の命を救えなかった。救わなければいけないのに、できなかったのよ〟

〝彼は被弾して重傷を負っていた。手の施しようがない状態だった。だが君は彼に安らぎを与えた〟

〝安らぎですって？〟レーガンは涙をぬぐった。

〝彼は君の腕の中で安らかに亡くなった。あのとき彼は、痛みから解放されて安全だとわかっていたんだ〟ケイナンはそう言うと、泣いているレーガンを抱き寄せた。

〝彼、すごく若かったのに〟レーガンは言った。〝生きるチャンスが与えられなかったわ〟

〝そういう人もいるんだよ〟ケイナンはレーガンの顎をつまんで顔を上げさせた。焦げ茶色の瞳はいたわりと思いやりにあふれていた。そのときレーガンは、彼も自分と同じくらい悲しいのだとわかった。

〝君はできることをしたんだよ。彼のために力を尽くした。君は強い人だ〟

いま、レーガンはケイナンを見上げ、同じせりふを言ってくれるのを待っていた。

聞こえないだけで、彼は同じことを言ってくれている。

レーガンはケイナンの顔を見つめた。以前より傷跡やしわが増えている。髪には白いものが交じっている。でも、瞳は以前のままだった。レーガンと同じ悲しみが、そこには映っていた。

もっと近づきたいという思いに突き動かされ、レーガンは彼にキスをした。まるでふるさとに戻ってきたような感覚だった。ケイナンは体に回した腕にさらに力をこめ、強く抱き締めてくれた。これまで何度、このときを夢見ただろう。そしてそのたびに、彼の死を思い出して現実に引き戻されていた。

でも、彼は死んでいなかった。

彼はここにいる。私とピーターと一緒にいてくれる。

その瞬間、レーガンはすべてを忘れた。ケイナンが王であることも、息子の命が危ういことも、自分がずっと孤独だったことも。

レーガンは唇を離すと、ケイナンの胸に頭を預けた。彼はレーガンの背中をさすってくれた。二人はそのまま、静かに立っていた。レーガンに聞こえるのは自分の息遣いと、彼の規則正しい鼓動だけだった。

やがて、ケイナンが手をとめて体を離した。

〈無理やり連れてきたりしてすまなかった。だが、ほかに方法がなかったんだ〉

「いいのよ。どうかしているなんて言って、ごめんなさい」

〈感情に蓋をする必要はないとわかってほしかった。君は爆発しそうになっていた〉

レーガンはうなずいた。「わかっているわ。助けてくれてありがとう」

彼はにっこりした。〈どういたしまして〉

レーガンの首から頬が赤くなった。「それに、いきなりキスしてごめんなさい」

〈それについては謝らなくていい〉

　ケイナンの瞳が意味ありげにきらめいた。そのきらめきが何を意味するのか、レーガンはよくわかっていた。私もそれが欲しくてたまらないが、実行に移すわけにはいかない。ピーターと仕事――それ以上のものを抱え込むのは、私には無理だ。

　ケイナンとの未来がどうなるかなんて予想もつかない。そして私は、ピーターとケイナンを両方失うことになったら、耐えられるかどうかわからない。

　二人を失うことを考えただけで、怖くてたまらなくなる。だからこれ以上は、危険な領域に踏み込むことはしたくない。

7

　手術は長い時間がかかった。

　ケイナンはピーターが手術を乗り越え、無事に左室補助人工心臓《LVAD》を装着するまで病院にとどまっていた。手術が終わると、彼はレーガンとともに小児集中治療室へ向かった。ピーターは個室へ移されていた。

　室内には医師や看護師たちがいたので空間に余裕がなく、椅子も一つしかなかった。レーガンはその椅子に座って体を丸め、医療用ガウンを体にかけた。どう見ても快適ではなさそうだったが、彼女はそこに残ると言って聞かなかった。

　ケイナンがいられる場所はなかった。だから彼は夜を思い出していた。その夜は前線への攻撃がやみ、混乱もおさまっていた。だがケイナンの愚かな兄は、平均年齢が最も若い、訓練不足の部隊を前進させようとした。

まだ十八歳の兵士がもろに爆撃を受けた。ケイナンたちは応急処置を行ったものの、彼の命が助からないことは明らかだった。

その兵士は漁村出身の少年だった。おそらく漁師の息子だろう。漁業で生活を成り立たせるのは難しくなっていたから、家計を助けようと思って軍に志願したに違いない。

愚かな国王のために若者が死んでいくのはやりきれなかった。

その瞬間、ケイナンは自分を責めた。なぜ僕は、もっと必死に兄の暴走をとめなかったのだろう。自分なりに努力はした。だがその結果、兄は僕を亡き者にしようと企てた。

部屋を出た。

自分が役立たずだと感じた。

王となってカナダにやってきてからずっと、そんなふうに感じてはいた。だが、保育器の中の息子を覗《のぞ》き込んでいると、自分の無力さをいやというほど実感してしまう。

手術の前、レーガンがかがんでピーターにキスをしているのを見たとき、ケイナンの心は張り裂けそうになった。

レーガンは気丈に振る舞っていたが、ケイナンのほうはいまにも泣き崩れそうだった。息子を失うかもしれないと思うとつらくてたまらなかった。だがレーガンがケイナンを必要としていた。彼女は警戒心が強く、人に弱みを見せるのを嫌う。そんな彼女が堰《せき》を切ったように泣き出したとき、ケイナンは自らの不安や悲しみをのみ込んで、彼女に寄り添った。

そのとき、ケイナンはイスラ・エルモサでのあるだからケイナンは身を引き、ほかの方法で――前線で医師として働くことで国民を助けようとした。だが目の前で少年が横たわり、おびえながら死に向かっているのを見ると、自分の選択を疑わずにはいられなかった。

そのとき、暗闇からレーガンが現れた。野戦病院の中は静かだった。医師や看護師たちは、ほかの負傷者の手当てをしたり、混乱した現場の後片付けをしたりしていた。

レーガンは少年に鎮痛薬を追加投与して隣に座った。そしてイスラ・エルモサの第一言語であるスペイン語を流暢《りゅうちょう》に操り、彼に話しかけた。

少年の名前はハビエルといった。

レーガンは彼を腕に抱き、歌を歌った。アンドレアスにクリスマスの歌を歌ったように。ケイナンはそのとき、レーガンがそれまでも多くの負傷者に歌を歌ってやっていたことを思い出した。

ケイナンは感嘆して見つめることしかできなかった。レーガンはいたわりと忍耐をもって少年に付き添っていた。彼女が体現していたのは、普遍的な癒やしのかたちだった。

ハビエルの体の震えがおさまり、呼吸が浅くなっていった。やがて、彼は息を引き取った。

レーガンは長いあいだ、彼を抱いたまま歌を口ずさんでいた。その優しい調べは、ケイナンが初めて聞くものだった。だが、彼女が何を歌っているのかは問題ではなかった。ケイナンが心打たれたのは、レーガンの優しさと純粋さだった。彼女はケイナンに母を思い出させた。恵まれない人々を助け、父に身も心も捧《ささ》げていた母親の姿を。

その瞬間、ケイナンはレーガンに夢中になったのだ。

昨日、レーガンを抱えて会議室に入ったあと――ケイナンはレーガンがハビエルにしたように、彼女の体に腕を回し、慰めようとした。すると、彼女は彼にキスをしてきた。

ケイナンは自分が国王であることを忘れた。祖国での争いも、死んだ兄のことも、彼がどれほど国をめちゃくちゃにしたかも、すべて頭から消えていた。レーガンの腕の中に戻ってこられた。重要なのはそれだけだった。

彼女がキスをやめたとき、ケイナンは体を離すのに、意志の力を総動員させなければならなかった。本当は彼女が欲しくてたまらなかった。

だが、そんな欲望を抱くのは不適切だ。

自分勝手だ。

レーガンを抱き上げて、二人きりになれる場所へ連れていくべきじゃなかった。というのも、そのせいでレーガンとピーターのプライバシーを侵害してしまったのだから。

二人のことがマスコミにばれてしまったのだ。ピーターはもはや安全ではない。

ケイナンがレーガンを抱えて運ぶ姿、それと二人が会議室でキスをしている姿が写真に撮られてしまった。

彼はこういうとき、自分が王であることを心から憎んだ。自分にとってかけがえのない、大切な瞬間が他人の娯楽になってしまう。安っぽい下品なものに成り下がってしまう。

ケイナンは小児集中治療室へ戻り、眠っているレーガンを見つめた。

あと数時間で、世界じゅうにレーガンのことが知られてしまう。僕とレーガンがイスラ・エルモサでともに働いていたことも。ケイナンは申し訳なく思った。きっとマスコミはレーガンを追いかけ回すだろう。

レーガンを守らなければ。

レーガンがぴくりと動いて目を覚まし、隣に立っているケイナンに目をやった。

「いま何時？」彼女はぼんやりと尋ねた。

〈朝の七時だ〉ケイナンは手話で伝え、ホテルから持ってきたコーヒーを渡した。

「ありがとう」レーガンは一口すすった。「これ、イスラ・エルモサのコーヒー？」

彼はうなずいた。〈ぐっすりは眠れなかったみたいだね〉

「ええ。この椅子は寝心地がよくないわ。でも、病院の椅子で仮眠をとるのには慣れているから」レーガンは立ち上がって体を伸ばした。「私、ちょっと見苦しい姿よね。更衣室で着替えてくるわ。それから仕事に取りかかりましょう」

〈仕事をする必要はない。ドクター・マクニールと話をしたんだ。学生たちは休暇で家に戻っている〉

「あなた、マイケルと話したの？」

ケイナンは携帯電話を持ち上げてにっこりした。

〈僕のロボット音声がね〉

レーガンは笑い声をあげた。

〈レーガン、君も気づいていると思うが、このまま経過が良好なら、ピーターは数日後には鎮静状態から目覚めて退院できる〉

レーガンは目を丸くし、ゆっくり腰をおろした。

「なんですって？」

〈いま気づいたのか？〉

「わかってはいたんだけど」レーガンは首を振った。「ただ、ピーターは生まれてからずっと病院にいたから。私、子供部屋は用意してあるけど……準備万端ではないわ。ピーターを連れて帰れる状態にはなっていない」

〈そうか。じゃあ、一緒に君のアパートメントへ行って準備を整えよう〉

「あなたは研究をするんでしょう」

〈それぐらいの時間はあるよ。僕の護衛が車で送っ

てくれる。手伝わせてくれ〉

「それって権力の乱用よ、陛下」レーガンはからかった。

〈なぜ？　王の家族に仕えるのも彼らの仕事だ〉ケイナンはにっこりした。

レーガンは息をついた。「そうね。でも私はまだ心の準備が……」

〈心の準備ができていなくても、やらなければならない。ピーターはもう、心臓移植を待っているあいだ病院にいる必要はないんだ。ピーターが小児集中治療室から小児病棟へ移り、僕たちが補助人工心臓の装置の扱い方を習得すれば――そのあとは、僕たちはピーターを連れて帰れる〉

「僕たち？」

ケイナンは笑みをたたえて、レーガンの前でひざまずいた。〈僕は君たちを守ることができる。面倒を見させてほしい〉

「ケイナン、私はあなたの求婚に応じるつもりはないわ。それにあなただって言ったじゃないの。私たちの身を守るには、存在を隠しておくのが一番いいって。かりに私が……」ケイナンの表情を見て、レーガンは言った。「マスコミに知られたのね」

ケイナンは悲しげにうなずいた。〈君を会議室へ連れていったときだ。マスコミの誰かが見ていて、僕たちがキスしているところを撮られた〉

レーガンはうなり声をもらした。コーヒーの入ったカップを床に置いて目をこする。「最悪だわ」

〈すまない〉

「あなたのせいじゃないわ」

〈いや、僕のせいだよ。結局のところ、僕が国王であることが原因なんだ〉

レーガンは笑った。「慰めになっていないわよ」

〈結婚しよう。僕は君たちを守れる〉

「無理よ。いまはそのことは考えられない。ピーターが移植を待っている状態で、あなたとの結婚生活を始めることなんて考えられないの」

ケイナンのみぞおちが締めつけられた。だが、わかっていたはずだ。彼はそう思った。レーガンからイエスをもらうには時間がかかる。でも諦めてはいけない。レーガンとピーターを守り、養うには結婚しか方法がない。

〈せめてアパートメントの準備は手伝わせてくれないか?〉

「いいわ。いまから行ったほうがいい?」

ケイナンはうなずいた。〈警護チームに準備するよう伝えてくる。君は荷物をまとめてくれ〉

「長居はしないわよ。ピーターが目覚めたとき、そばにいたいから」

〈わかっている〉

レーガンはコーヒーカップを拾い上げ、病室から出ていった。ケイナンはため息をついて息子を見た。機器を体に繋《つな》がなければ、生きられない息子を。

ケイナンはピーターの顔を覗き込んだ。感情が押し寄せる。この子は僕の息子なのだ。血と肉を分けた息子だ。失うわけにはいかない。

「僕は君のために力を尽くす」彼はささやいた。「誓うよ」

移動する車の中で、レーガンはケイナンを見ないようにしていた。ケイナンは頬杖《ほおづえ》をついて窓の外を見つめていた。

彼はレーガンのほうを向いてほほ笑んだ。〈くつろげているかい?〉

「ええ」

ケイナンが手配してくれた車は、窓ガラスは黒に着色されているが、ボンネットに国旗が掲げられていて、誰が乗っているかは明らかだった。

「身を隠していたいんじゃなかったの?」

〈ああ。だがもう居場所はばれてしまったし、大使館の公用車を使ってもいいかなと思ってね。どこにでも駐車できるよ〉ケイナンはにっこりした。

「それはよかったわ。近所にはあまり駐車場がないから」

レーガンは公用車を使うのは気が進まなかった。とはいえマスコミに存在を知られてしまった以上、隠れようとしても無駄だ。

〈アパートメントはここからどれぐらいの距離だい?〉

「正確な距離はわからないわ。いつも地下鉄を使うから」

「住所は?」運転手が運転席から尋ねた。「GPSナビゲーションで調べられます」

「リッチモンド通り西の三百十六番地よ。そんなに遠くないと思うわ」

「あなたの言うとおりですよ、ドクター・コート。そんなに遠くありません。もうじき着きます」

運転手は画面にアパートメントまでの経路を表示させた。

レーガンはケイナンのほうを向いた。「手伝ってくれてありがとう。私の部屋、ひどく散らかっているのよ。これまできれいに整える時間がなかったから」

〈ピーターはクリスマスまでには小児病棟に移れるんじゃないか?〉

「ええ。おそらく、新年までには退院できるわ」

ケイナンの顔に妙な表情がよぎった。〈そうだね〉

ほどなくして車はアパートメントの前に到着した。ケイナンは車を降りて反対側へ回り、レーガンが降りるのを手伝った。

「ここには記者はいないようね」レーガンはほっとして言った。

〈ああ、助かったよ。病院を出るときはすまなかっ

た。あんなふうにいっせいにカメラを向けられ、質問を浴びせられてしまって〉

「無視したわ」レーガンは鍵を出し、正面玄関のドアを開けた。

エレベーターへ移動する前に郵便受けを開け、大量の郵便物を取り出した。

〈しばらくここには戻っていなかったみたいだね〉

ケイナンは郵便物に目をやり、片眉を吊《つ》り上げた。

「そうよ」

〈請求書の支払いが滞ったらどうするんだ？〉

「携帯電話で支払えるわ。決済ができるアプリがあるのよ」レーガンはからかった。

エレベーターのドアが開いた。二人で乗り込み、レーガンはボタンを押した。

レーガンの部屋は廊下の突き当たりにある。ドアの前に着くと、おかしなことが起きていた。錠前のまわりが破壊されており、鍵を差し込まなくても、ノブを回すだけでドアが開いた。

ケイナンがレーガンの前に出て、レーガンは彼のあとから中へ入った。部屋は惨状の場と化していた。家具はひっくり返され、箱の中身はぶちまけられ、物が散乱している。テレビとステレオはそのままだった。パソコンも元の場所にあったが、電源が入っており、触るとたちまち起動した。不正侵入されたようだ。

レーガンは震え始めた。こんなことが起こるなんて。

寝室へ行っていたケイナンが戻ってきた。〈金品目当ての強盗じゃないな。どうやら、情報をあさるのが目的だったようだ〉

「情報って、私の？」

〈もしくは、僕との関係を示す情報だ〉彼は携帯電話にメッセージを打ち込み始めた。

「誰にメッセージを送るの？」

「僕の警護チームだ」彼はかすれた声で言った。

彼はメッセージを入力し終えた。

「信じられない。こんなことが起こるなんて。あなたのチームから警察に連絡するの？」

ケイナンはうなずいた。〈こんなことになってすまない。だが僕は君を守れる〉

レーガンは鼻を鳴らした。「あなたは以前もそう言ったわ。でも、結局はこうなったじゃないの」

〈すまない〉

レーガンは彼を無視して、郵便物をキッチンテーブルに置き、寝室へ行った。ナイトテーブルの引き出しの中身はベッドにぶちまけられ、鏡台の引き出しも掻《か》き回されていた。

宝石はいくつも持っていないが、そのままそこにある。ケイナンの言うとおりだ。侵入者は金品ではなく、情報をあさりに来たのだ。

ウォークインクローゼットの扉を開けてみる。ピーターの部屋として使おうと思って、準備をしかけていた場所だ。ここは侵入されなかったようだ。

レーガンの目に涙が込み上げた。木製のベビーベッドに埃《ほこり》が積もっている。私は最低の母親だわ。ベッドを整えることすらしていない。シーツも上掛けもベッドメリーも、まだ箱に入ったままだ。

私はベビーベッドとおむつ交換台を組み立てただけ。替えのおむつも用意していない。

補助人工心臓を装着した赤ん坊が、こんな場所で生きられる？　ここはピーターが暮らせる状態にはなっていない。私はまだ、安全な病院から彼を連れ出す準備ができていない。いったいどうしたらいいの。

レーガンは小さなくまのぬいぐるみを手に取った。ピーターが生まれる三日前に買ったものだ。それをひしと抱き締め、泣くまいとした。一人ではとても乗り切れそうにない。

一人で乗り切る必要はない。ケイナンは助けると言ってくれた。ケイナンはここにいる。助けてほしいけれど、私は守れるかわからない約束はしたくない。

ただ協力し合って、ピーターを育てていくことはできないのかしら。

できない。ケイナンは手術が終われば、イスラ・エルモサに戻るのだから。彼は国王なのだ。

レーガンはぬいぐるみを置いた。一人でやっていくことに慣れなくてはいけない。私はトロントを離れられない。ピーターの心臓移植を待っているあいだは、ここにいなければならないのだから。

ケイナンは国を治めるためにイスラ・エルモサへ戻る。そして私は、一人でピーターを育てていく。

最初に立てていた予定どおりに。

8

警察はすぐにやってきた。彼らが散乱した物を調べ、指紋を採取したり、証拠品を収集したりするのを、レーガンは脇に立って見つめていた。

「盗まれたものは何もないんですね、ドクター・コート?」警官が尋ねた。

「何も盗まれていないと思うわ。パソコンもテレビも、引き出しに隠していたお金もそのままよ」

警官はうなずいた。

ケイナンが手話をした。警官は不思議そうにレーガンを見た。

「彼は、私の個人情報が盗み出されたって言っているの。パソコンに不正侵入されたみたいだって」レーガンは言った。

「どうしてそう思うんです？」

「彼はイスラ・エルモサの国王で、それで……私たちの間には子供がいるから」

警官は仰天した。「カナダ連邦警察《RCMP》が捜査を担当したほうがいいかもしれないですね」

「そうでしょうね。お任せします」

「パソコンを預からせてください。科学捜査班が解析を行います。操作の履歴を辿《たど》れるはずです」

「ありがとうございます、巡査」

「礼には及びませんよ、ドクター・コート。鍵を新しいものに替えてくださいね。何かわかったらすぐに連絡します」

巡査は部下たちのほうへ向き直った。彼らは証拠品をビニール袋に入れ始めた。

レーガンはケイナンのほうを向いた。「犯人は何を探していたんだと思う？」

〈君と僕と、僕らの息子についての情報だ。間違いない〉ケイナンはかぶりを振った。〈こんなことになってすまない〉

「少なくともピーターの部屋は荒らされなかったわ。そのままになっていたもの」

〈どこだい？〉彼は尋ねた。

「寝室よ。ウォークインクローゼットの中なの」

ケイナンは眉根を寄せた。〈クローゼットだって？〉

「広いクローゼットで、照明もついているわ」

〈クローゼットは子供部屋にふさわしくない〉

「あらそう？　じゃあどうしろというの？　私はシングルマザーで、これが精いっぱいなの」

〈補助人工心臓の装置をクローゼットには置けないぞ〉

「わかっているわ。でも妊娠したときは、補助人工心臓が必要になるなんて思っていなかったもの」

ケイナンはため息をついた。〈すまない〉

「あなたのせいじゃないわ。私はただ……」レーガンは言いよどんだ。生活が侵害された気分だし、怖いし、不安なの。

だが、それをはっきり口にすることはできない。レーガンはそういうことを言葉にしないよう教えられてきた。弱みを人に見せてはいけないと。

「疲れたの」

〈それだけか？〉ケイナンは尋ねた。

レーガンは顔をこすった。「私、病院に戻らないと。ずいぶん時間がたっちゃったし、ピーターが目を覚ますかもしれないわ」

〈ピーターが目覚めるまでまだ時間がかかる。鎮静薬がまだ効いているからね。目覚めたときはそばにいられるよ。まずは鍵を取り替えて、ここを片付けないと〉

レーガンはうなずいた。「確かにそうね。私、なんだかぴりぴりしちゃって」

〈その反応は当然だ〉

「鑑識作業が終わりました。ドクター・コート」巡査が声をかけた。「何かわかったらすぐに知らせます」

「ありがとうございます。いいクリスマスを」

「いいクリスマスを。ドクター・コート」

レーガンは警官たちのためにドアを開け、彼らが出ていくと閉めた。「鍵屋を呼んだほうがいいわね」

〈僕は寝室の片付けから始める〉

「私はどこから始めようかしら……」

〈一部屋ずつやればいい〉

ケイナンは寝室へ向かった。彼は子供部屋を見て、ふさわしくないと言うつもりだろう。レーガンはそう思った。でも彼は正しい。あそこはふさわしくない。

私はどうしたらいいの？

レーガンは途方に暮れた。すべてに押しつぶされそうだった。

まずは鍵屋を呼ぼう。次のことはそれから考えるのよ。

ケイナンは寝室の中を歩き回った。こぢんまりしているが、くつろげる部屋だ。ここはレーガンの部屋だった。誰かが侵入して彼女の私生活を侵害するまでは。

拳を握り締めて怒りをこらえる。

すべて僕のせいだ。

僕はレーガンを守らなければならない。ここでは彼女を守れない。

ケイナンは床に散乱した服を拾ってたたみ、引き出しに戻した。ウォークインクローゼットの扉に目をやる。ピーターのことを考えると脈が速くなった。

そうすべきではないとわかっているのに、扉へ近づいていく。

扉を開け、照明のスイッチを入れた。

レーガンの言うとおり、中は広かった。だが、しょせんクローゼットだ。ベビーベッドがあり、寝具は箱に入ったまま床に置いてある。おむつ交換台の上に、くまのぬいぐるみが横向きになっている。ケイナンの喉が苦しくなった。

レーガンは息子のために居心地のいい空間をつくり上げた。彼女はできるかぎりのことをした。だが、ピーターには十分じゃない。

ケイナンは目を閉じ、罪悪感が襲ってくるのを感じた。僕はレーガンのそばにいてやれなかった。二人の面倒を見られなかった。レーガンはずっと独りぼっちだったのだ。そんな境遇はレーガンにはふさわしくない。彼女はもっと多くのものを手に入れるべきだ。

だが、この状況は今後も続くだろう。彼女はこれからも私生活を詮索されるはめになる。

もし僕が手術室を生きて出られなかったとしても、ピーターは僕の息子であり、マスコミは彼を放っておいてはくれないだろう。

ケイナンは喉が苦しくて息もできないほどだった。

「ケイナン？」レーガンが寝室のドア口に現れた。

ケイナンはくまのぬいぐるみを座らせて置き、クローゼットを出て扉を閉めた。

「鍵屋が来たの。私、居間をできるだけ片付けたわ。鍵を替えてもらったら、支度して病院に戻るつもりよ」

〈もちろんそうしてくれ。僕はアンドレアスに言って、ピーターに必要な荷物をまとめさせる〉

「何を言っているの？」

〈君はここにはいられないよ。安全じゃない〉

「ケイナン、ここは私の家で、ピーターの家にもなるのよ。ここ以外にどこへ行けというの？」

〈僕が新しい部屋を用意する。もっとふさわしい部屋を〉

「その必要はないわ」

〈あるよ。ピーターにはもっと広い部屋が必要だし、君も安全な場所へ移動しないとだめだ。僕の警護チームが手配する〉

「いいえ、私は生活を変えるつもりはないわ。そんなことをさせないで」

〈君は僕と結婚しないし、僕に守られる気もないんだろう。でもこれぐらいはさせてくれ。君に大変な思いをしてほしくないんだ。特にいまは、ピーターを休ませて回復させることが大事だから〉

レーガンは唇を嚙《か》んだ。

〈ピーターが退院するまでまだ数日ある〉ケイナンは続けた。〈病院の近くに部屋を見つけて住まいを移すことはできる。君は何もしなくていい。僕にやらせてくれ、レーガン。お願いだ〉

「わかったわ」レーガンは言った。「病院の近くにしてね」

〈そうするよ〉

　レーガンの脈が速く打っていた。ピーターは小児集中治療室から小児病棟へ移されたばかりだった。経過が良好なので、鎮静薬を中止して覚醒させることになったのだ。

　もうじきピーターを抱っこできるようになる。レーガンは息子を腕に抱くのが待ち遠しいと同時に、恐れも抱いていた。

　心の奥底では、いまの状況すべてが恐ろしかった。補助人工心臓の装着によって、ピーターは生命を繋《つな》ぐことができた。だが、あくまで命の期限が延びただけだ。生きていくために残された道は心臓移植しかない。

　看護師たちが部屋の中を動き回っている。レーガンは息をころして待っていた。鎮静薬の効果が切れ、ピーターは体を動かし始めている。

　ケイナンが部屋に入ってきた。

「来てくれて嬉《うれ》しいわ」レーガンはほっとして言った。

〈ピーターの調子は?〉

「いいわ。この子は強いもの」

　ケイナンはうなずいて、置かれたカルテを取って読み始めた。顔に笑みを浮かべるとカルテを閉じた。

「ちょっとほかの患者さんたちを見てきます」看護師が言った。

「ありがとう、マリア」

　マリアはうなずいて病室から出ていった。

　レーガンはベッドに近づいて息子を見つめた。おなかから伸びたチューブが、ベッド脇の台に置かれた装置に繋がっている。その装置が、心臓の代わりに全身に血液を送り出しているのだ。

レーガンはピーターに触れようとしたが、すぐに手を引っ込めた。そして、不安そうにケイナンを見上げた。

〈どうしたんだ？〉ケイナンが尋ねた。

「私、手袋をつけていないの」

〈ガウンと手袋をつけろと言われたのかい？〉

「いいえ、言われていないわ。ガウンは習慣で着てしまっただけ」

ケイナンはにっこりした。〈触れてごらん〉

レーガンは手を伸ばし、ピーターのなめらかで柔らかい肌に触れた。小さな手や、カールした濃い色の髪を撫《な》でていると、感情が押し寄せた。

「ずっとこうしたかったの」小さな声で言う。

ピーターがぴくっと動いた。レーガンははっと息をのんだ。ピーターは頭を動かして目を開け、瞬《まばた》きをした。そして瞳をレーガンに向け、眉根を寄せた。まるで、鎮静薬でぼやけた視界の向こうを見ようとしているかのようだった。

「ピーター……」レーガンはひざまずいて、息子の丸い小さな顔を覗《のぞ》き込んだ。「ママはここよ」

声が詰まる。彼女は必死で涙をこらえ、ピーターに声をかけた。

ピーターは目を閉じたが、笑みをたたえていた。

ケイナンも膝をついて息子を見つめた。彼は目を潤ませていた。ピーターが再び目を開け、ケイナンを見た。ケイナンはにっこりした。

「目は僕に似ているね」彼は誇らしげな顔で言った。

「目を開けました？」マリアが戻ってきて尋ねた。

「ええ」レーガンは立ち上がった。

「よかった。完全に覚醒するまでもうしばらくかかるけど、順調ですよ」

「退院するまでどれぐらいかかると思う？」レーガンが尋ねた。

「なんとも言えませんね。体の状態と痛みによります。でもあなたたちは二人とも医師だし、ドクター・ブラッチオはたぶん、早ければクリスマスイブには退院を許可すると思いますよ」

そのとき、マイケルが取り乱した様子で病室に入ってきた。

「レーガン」マイケルはせわしく呼吸をしながらケイナンを見た。「ドクター・ラスカリス。二人とも、いてくれて助かった」

「何事なの、マイケル?」レーガンが言った。

「ショッピングセンターで屋根が崩落したんだ。負傷者が搬送されてきているんだが、人手が足りない。湖から吹きつける暴風雪のせいだよ。二時間半で八センチも積もったんだ」

「なんですって?」

レーガンは窓のブラインドを上げたが、中庭は見えず、真っ白だった。

「救急隊員が徒歩でけが人を搬送していて、救命救急室は患者でごった返している。君たち二人の力を借りたい」

ケイナンは手話をした。レーガンは彼の考えていることがわかった。

「声を出せないのに、どうやって力になるんだって訊《き》いているわ」

「君と一緒ならできるだろう、レーガン。息子さんから引き離してすまないが、いまは全員総出で治療にあたらないと」

ケイナンは覚悟を決めた様子でうなずき、ジャケットを手に取った。

「すぐに行くわ、マイケル」レーガンが言った。

9

「開創器の位置をずらしてもらえる？」レーガンが尋ねると、ケイナンは握っている開創器をずらした。

患者は頭部を負傷していたが、腹部のけがのほうが深刻だった。ＣＴ検査を行った結果、損傷の程度が明らかになった。

脾臓《ひぞう》が破裂し、大量出血を起こしていた。腎臓と腸と横隔膜にも穴が開き、胸腔《きょうこう》に大量の血液がたまっている。心臓と肝臓にはいまのところ損傷は見られないが、まずは大量の出血をなんとかしなければ、臓器の損傷を修復する前に死に至る可能性がある。

手術は数時間に及んだ。まだ輸血は必要だったものの、レーガンは止血に成功していた。ケイナンは声こそ出せないが、すべきことをわかっており、レーガンは逐一指示を伝える必要がなかった。ケイナンはレーガンよりも先に、彼女が次に取るべき行動や手段を理解しているようだった。

二人は息が合っていた。レーガンはケイナンと一緒に働くことが――命を救うために彼とともに奮闘することが、どれほど充実感をもたらしてくれるか、改めて痛感した。

彼女は少しのあいだケイナンを見つめた。彼はいま、傷口を縫合する研修医の手元を注視している。昔に戻ったみたいで、レーガンは思わず笑みを浮かべた。

ケイナンがそばにいるのは嬉《うれ》しい。たとえ、私たちが置かれた状況は喜ばしくないとしても。そのとき、レーガンはどきっとした。会議室でのケイナンとのキスを思い出してしまったからだ。彼のたくましい腕とキスは、私の心をなだめてくれた。彼との繋《つな》がりが、私を落ち着かせてくれた。

ケイナンは私を支えてくれる存在なのだ。

そのことに気づいて、レーガンはショックを受けた。私は誰にも頼ってはいけないと言われて育ったはずだ。いったいいつから、こんなにもケイナンを頼るようになってしまったの？

レーガンは処置を終え、手術室看護師と研修医に術後ケアの指示を与えた。ケイナンはレーガンに続いて手術室を出た。二人は手洗い場で手を洗った。

「次はどこへ？」ケイナンは尋ねると、すぐに苦しそうに顔を歪《ゆが》めた。

「最近、喉をドクターに診てもらった？」

ケイナンはいら立った表情を向けた。〈もちろんだ〉

「喉を酷使しているとしたら、よくないわ。手術のリスクを上げるようなことはしてほしくない」

〈もともとリスクはあるんだ。瘢痕《はんこん》組織を除去しなければならないから〉

「手術を受けるのに、どうしてそんなに時間がかかるの？」

〈体力が回復するまで待つように言われている〉

「でも……」レーガンは手を拭きながら言った。

「いまは十分に回復しているわ」

ケイナンは口を引き結んだ。〈手術はまもなく行われる。うまくいく保証はないが〉

「うまくいくわよ」

〈どうしてそう思う？〉

「国王には声が必要だもの」

〈僕には君がいる〉

「私がいつもあなたの声になれるわけじゃないわ」

〈なぜだ？　僕の后《きさき》になればいいじゃないか。僕たち二人にとって最善の策だよ。ピーターに安定した生活を与えられるし、君は王妃として僕を支えら

れる〉

「私は医師なのよ。イスラ・エルモサの王妃は医師として治療を行えるの？」

ケイナンは肩を落とした。

「結婚を迫り続けるのはやめて。私の答えはわかっているでしょう。ノーよ」

二人は救命救急室へ戻った。そこは依然として混乱状態だった。レーガンは一人の男性に目をとめた。背の高い黒髪の男性が苦しそうにベッドに横たわっている。

「あれ、アンドレアスじゃない？」

ケイナンはくるりと振り返ってアンドレアスを認めると、彼のベッドに駆け寄った。レーガンもあとに続いた。アンドレアスはけがをしているものの、軽傷に見えた。

「アンドレアス」レーガンが声をかけた。「あなた、ショッピングセンターにいたの？」

「ドクター・コート……」アンドレアスは顔を歪めてケイナンを見た。「陛下、申し訳ありません」

〈申し訳なく思う必要はない〉ケイナンは手話で示した。

アンドレアスは枕に頭を預けた。痛みと貧血のせいで、顔が土気色になっている。

レーガンはカルテを手に取った。「脚がコンクリート梁《はり》の下敷きになったのね。でも骨折はしていないし、傷は大腿《だいたい》動脈をそれているわ。よかった」

アンドレアスはうなずいた。「軽傷ですよ。落ちてくるがれきから子供を守ろうとしたんです」

ケイナンは眉をひそめてかがみ、アンドレアスの肩をつかんだ。

「大量に出血したのね」レーガンはそう言うと唇を嚙《か》んで、アンドレアスの処置にあたっている研修医に声をかけた。「血液製剤のオーダーはしたの？血小板数が減少しているわ」

「ええ。でも、血液が不足しているんです。吹雪とこの事故のせいで、血液バンクの在庫が尽きてしまって」

〈僕の血を使ってくれ〉ケイナンは手話で表した。〈僕はエルモサ人で、彼に血をあげられる〉

研修医は困惑していた。

「彼は血液を提供できるわ」レーガンは言った。「彼は0型だから万能供血者で、二人ともエルモサ人よ。輸血セットを準備して。採血は私がするわ」

「わかりました、ドクター・コート」研修医は駆けていった。

「すぐに戻るわ、アンドレアス。痛み止めはいる?」レーガンが尋ねた。

アンドレアスはかぶりを振った。「いいえ、ドクター・コート。大丈夫です。子供の命を助けられて何よりです。ですが、陛下から血をもらうことはできません」

レーガンとケイナンは顔をしかめた。

〈できるさ〉ケイナンが伝えた。

「陛下、あなたの血をもらうわけにはいきません」

〈ただの血だ〉ケイナンは腹立たしげに続けた。〈輸血を受けろ。これは国王令だ〉

アンドレアスはため息をついて目を閉じた。「わかりました、陛下」

ケイナンは、アンドレアスのベッドを囲む間仕切りカーテンを閉めた。激しい怒りが顔に表れている。アンドレアスのけがにショックを受けているのだ。

レーガンもショックだった。アンドレアスは過去にも、若い兵士を敵の射線から逃そうとして負傷した。この大都市よりも外国の戦線にいるほうが、血液が手に入りやすいなんて妙な気がする。すべては吹雪のせいだ。

救急救命室のすぐ外にある診察室で、ケイナンは腰をおろし、白衣を脱いで腕を突き出した。

研修医が採血に必要な器具を持ってきた。レーガンが準備をしているあいだ、ケイナンは怒った表情のまま壁を見つめていた。

「大丈夫？」レーガンが尋ねた。

ケイナンはうなずいたものの、レーガンを見ようとはしなかった。

「いったいどうしたの？　アンドレアスに怒っているの？」

〈いや。自分自身に怒っている〉

「なぜ？　彼がけがしたのはあなたのせいじゃないでしょう」

〈アンドレアスを買い物に行かせたのは僕だ。僕が新しく住むアパートメントをしつらえるよう言ったんだ〉

レーガンは目を見開いて、ケイナンの腕をアルコール綿で拭いた。「あなたの新しいアパートメントね。あなたは私とピーターの部屋を探しているんだと思っていたわ」

〈それも見つけたよ。隣の部屋だ〉

レーガンは片眉を吊《つ》り上げた。「それは便利だこと」

ケイナンは口元に笑みをたたえた。〈ピーターは僕の息子でもあるんだよ。僕は時間の許すかぎりあの子のそばにいたい〉

「もちろんそうよね」レーガンはそう言ってから、はたと気づいて尋ねた。「あなた、アパートメントをもう契約したの？　もう入居できる状態になっているってこと？」

ケイナンはうなずいた。〈それなりの金を払ったからね〉

レーガンは小声で毒づいた。「そんなことしなくてよかったのに」

〈ピーターには快適に過ごしてほしい。それに、僕は君の面倒を見たいんだ〉

「ケイナン、私、自分の面倒は自分で見ないといけないの。あなたに頼るわけにはいかない。あなたが去ったら、私とピーターだけになるんだから」

ケイナンはそれには何も答えず、口元をこわばらせて目をそらした。

「それで、引っ越し業者はいつ来るの？　それも手配済み？」レーガンは皮肉っぽく訊《き》いた。

彼がにやりとし、レーガンはうなり声をもらした。

「私の荷物の移動も終わっているのね」

〈いままさに作業中だ〉

レーガンは首を振り、彼の腕に駆血帯を巻いた。

「拳を握って。もう手話はだめよ」

ケイナンは目をぐるりと回したものの、顔にはきざな笑みを浮かべていた。

レーガンは採血管に血液を流入させ、駆血帯を外した。「アンドレアスがショッピングセンターでけがしたのはあなたのせいじゃない。屋根が崩落したのよ。誰も悪くないわ。事故なんだから」

ケイナンは何も言わなかった。彼は目を閉じ、それから天井を見上げた。

「アンドレアスに血を提供するなんて立派だわ。あなたは民にとっていい王様ね。あなたは声が必要だって思っているかもしれないけれど、そんなことない。声は出なくても、あなたの取る行動が、あなたという人を雄弁に物語っているわ」

彼はレーガンを見て、暗褐色の瞳をきらめかせた。ありがとうとつぶやくとまた目を閉じ、天井を見上げた。

輸血を受けるアンドレアスを、ケイナンは見つめていた。採血を終えてめまいを覚えたケイナンに、レーガンはオレンジジュースを持ってきて、しばらく休むよう言った。彼女はその後、研修医からの呼び出しに応じて行ってしまった。

気分が楽になると、ケイナンはアンドレアスの様子を確認しに救急救命室へ戻った。アンドレアスはすでに輸血を受けており、頬にも赤みがさしていた。

ケイナンはいまも、アンドレアスを危険な目にあわせたことに罪悪感を抱いていた。

僕は人の命を危険にさらすのは好きじゃない。僕は医師で、命を救うのが仕事なのだから。

だが、僕はもう一介の医師ではない。

そう考えると冷静になれた。僕は王であり、国民の命が僕にかかっている。僕の人生はもはや僕のものじゃない。

もし僕が手術台で命を落としてしまったら、イスラ・エルモサには王がいなくなってしまうのだ。ピーターは即位するには幼すぎるし、僕は王室の唯一の生き残りだ。

ピーターの代理を務める人間を任命しておけば、統治者が不在になるのを避けられる。それに、僕が書面でピーターを王位継承者に指名しておけば――たとえ非嫡出子であっても、ピーターは成人したら王になれる。

レーガンがやってきて、アンドレアスのベッドの脇に座っているケイナンに目をやった。アンドレアスはまだ眠っていた。

「大丈夫？」レーガンが尋ねた。

〈くたびれたが、命は無事だ〉

「アンドレアスもよ。もう心配いらないわ。あなたの血液のおかげね」

ケイナンはアンドレアスを見た。〈彼は僕の異母きょうだいなんだ〉

レーガンが目を丸くした。「異母きょうだいですって？」

〈そうだ。父は認知をしなかったがね。アンドレアスの養父は、彼は実の息子だと主張していた。だからアンドレアスは王位継承者に入っていないんだ。

彼は僕より幸運だ〉

「幸運？　なぜ？」

〈彼は愛されていた。彼には自由があった。僕は違う〉ケイナンは顔をこすった。〈僕は長いあいだずっと彼をうらやんでいたんだ〉

「いまもそうなの？」

ケイナンはレーガンを見つめた。もしアンドレアスと同じ境遇だったら、僕は医師にはなっていないだろう。レーガンにも出会えなかった。いま初めて、ケイナンはアンドレアスをうらやましいと思わなかった。

〈いや〉

レーガンは頬を染め、咳払《せきばら》いをした。「声の調子はどう？」

ケイナンは声を出して言った。「喉が苦しいというか……ひりひりするんだ。ドクター・ショーに診てもらったほうがよさそうだ。アンドレアスを見ていてくれるかい？」

「いいわ」

アンドレアスが目を開けた。「陛下？」

ケイナンは立ち上がり、アンドレアスの肩をぎゅっとつかんだ。〈休め〉彼は手話でそう伝えた。

ケイナンは救急救命室を出て、ドクター・ショーのオフィスへ向かった。

ケイナンがドアをノックしたとき、ドクター・ショーは帰宅の準備をしていた。彼は耳が不自由な患者と接しているので、アメリカ手話を理解することができる。

「ドクター・ラスカリス——それとも、陛下と呼んだほうがいいのかな？」

ケイナンはにっこりした。〈ケイナンで問題ありません〉

「外はひどい雪ですね。今日は車を駐車場にとめたまま地下鉄で帰らないとだめだな」

〈瘢痕組織のことが気にかかっているんです。最近、声を出してしまっているので〉

ドクター・ショーは目を見開いた。「そうなんですか？　どれぐらい？　あまり声を出さないようにと言ったはずですが」

〈診てもらえますか？〉

「ええ」ドクター・ショーはバッグを置いて椅子に座り、パソコンを起動した。ケイナンはドアを閉めた。「無理をしすぎていないといいんですがね」

〈新年までには声を取り戻したいんです〉

ドクター・ショーはうなずき、ケイナンの喉を確認して顔をしかめた。「手術はうまくいかないかもしれませんね。前回の検査で確認したときには、あまり癒着はなかったのですが……再度、画像診断をしてみましょう。手術は予定どおり十二月二十六日に行えます」

ケイナンはうなずいた。〈画像診断はいつやりますか？〉

「明日の朝がいいですね。構いませんか？　息子さんも手術したばかりですが……」

〈明日で大丈夫です。息子の状態は安定しているし、僕は喉をなんとかしたいんです〉

ドクター・ショーは首を縦に振った。「ドクター・マクニールに言われました。あなたが手術を望んでいるのだから、私はなんとしても成功させなければならないと」

〈ありがとう。それに、面倒をかけて申し訳ないです が、あなたはこの分野で最も腕のよい医師だと聞いています〉

「面倒なんてかけていませんよ、ケイナン」ドクター・ショーが立ち上がると、ケイナンも立った。「むしろ光栄です。明日の朝七時にオフィスへ来てください。MRI検査をすれば原因がわかるでしょう。あと、声を出すのはやめてください」

〈そうします〉

「まじめな話ですよ。もう声は出さないでください。明日会いましょう、ケイナン」

ケイナンはドクター・ショーと握手をし、救急救命室へ戻った。警護の副責任者のディエゴにメッセージを送信し、すべて順調に進んでいるか確認し、アンドレアスのけがについて知らせる。

僕は手術で命を落とすかもしれない。そう考えると怖くてたまらない。それはつまり、永遠にレーガンを失うということだから。レーガンとピーターを置いていくということだから。

そうなったら、僕は永遠に息子と関われない。

幸福を手に入れることもない。

10

レーガンはしばらくケイナンの顔を見ていなかった。アンドレアスが輸血を受けたあと、彼女は崩落事故で負傷したほかの患者の手術に駆り出されていた。その患者はスペイン語話者だった。

レーガンはケイナンを連れていこうとしたが、患者がエルモサからの亡命者だと知らされ、さきほどのアンドレアスの反応を思い出して、ケイナンを手術室に入れないほうがいいと判断した。

患者に鎮静薬を投与し、レーガンはけがの治療に取りかかった。

幸い、今回の事故で死亡者は出なかった。

処置を終えて手術室を出ると、救命救急室の混乱も、外の吹雪もおさまっていた。

もう真夜中を過ぎていた。つまり、クリスマスイブになったということだ。

くたくただが、ケイナンを見つけなければ。

救命救急室へ入ると、アンドレアスがちょうど、別の病室へ移されるところだった。

「ドクター・コート」アンドレアスがほほ笑んだ。

「気分はどう？」レーガンは尋ねた。

「よくなりました。すぐにでもここを出たいのですが、一晩は入院するようにと言われて」

「あなたは大きな裂傷を負い、輸血を受けたのよ。病院で休まなくちゃだめだわ。ケイナンに会った？私、手術に駆り出されていたから、しばらく彼を見ていないの」

「数時間前に会いました。主治医の先生に会ったあと、ご子息の様子を見に行くと言っていました。そのあとはたぶん、荷造りをしにホテルへ戻ったと思います。もうじき新しい部屋の準備が整いますから」

「そうらしいわね」

アンドレアスはにっこりした。「陛下はあなたの新しい部屋の鍵も持っていますよ。あなたの荷物はうちのチームがすべて運び出しました。前の部屋は、売りに出す手配をしたほうがいいですか？」

「それは自分でできるわ、アンドレアス。あなたは休んでちょうだい」

「陛下と話したいのなら、これが必要でしょう」アンドレアスはポケットからゴールドのカードキーを取り出した。

「ありがとう。ピーターの様子を確認したら行ってみるわ」

笑みをたたえたアンドレアスを、病院の用務係が病室へ運んでいった。

レーガンは手の中でカードキーを裏返した。ケイナンと話をしなければならない。ピーターの退院に備えて準備をしなくてはいけないし、ケイナンがイスラ・エルモサに戻ったあとのことも話し合わなければ。

ケイナンはあとどれぐらいトロントにいられるのだろうか。彼には、祖国で果たすべき義務があるはずだ。

カードキーをポケットに入れ、スタッフ用更衣室へ行った。スクラブを脱いで籠に入れ、私服に着替えた。

まずはピーターの病室へ行った。ピーターはまだ眠っていたが、そっと触れると体を動かした。状況はよくなりつつある。命を繋《つな》ぐために装置が必要だとしても、この子はここにいて反応してくれる。じきに鎮静状態からも目覚める。

ケイナンが去っても、私にはピーターがいる。

レーガンはピーターのおでこにキスをし、病室を出た。何か食べて、仮眠もとらなくては。私のベッドや持ち物は新しい部屋にあるし、その部屋の鍵を持っているのはケイナンだ。

病院を出たレーガンは、静まり返った地下通路を進んだ。ほとんど人が歩いておらず、店も閉まっていた。〈ロイヤル・ヨーク〉へと続くらせん階段をのぼる。

ゴールドのエレベーターへ向かっていると、ひとけのないラウンジにケイナンがいた。彼はグランドピアノを弾いていた。悲しげだが、心に響くメロディだ。

レーガンはケイナンに近づいていった。

レーガンに気づいたケイナンは顔を上げ、曖昧な笑みをたたえると、彼女が隣に座れるよう横に詰めた。

「ピアノを弾けるなんて知らなかったわ」

彼は答えず、曲を最後まで弾き終えてから、レーガンのほうを向いた。

〈たまに弾くと頭がすっきりするんだ。君はどうしていたんだい？〉

「手術に駆り出されていたの。患者はエルモサからの亡命者だったわ」

ケイナンは顔をしかめた。〈エルモサからの亡命者？〉

「ええ」レーガンは慎重に答えた。

〈命は助かったのか？〉

「ええ」

〈よかった〉ケイナンは目をこすった。〈僕は責任を感じるよ。国民全員に対してね。王として、僕は国をまとめなければならないのに。エルモサの民はここに亡命者としているべきじゃない〉

「内戦が起きたのはあなたのせいじゃないでしょう。当時は王じゃなかったんだから」

〈ああ。だが、いまは僕が国王だし、僕の責任だ〉

「彼はいまカナダで安全に過ごせているのよ。あなたと同じように」

ケイナンはうなずいたが、笑わなかった。彼は悲しそうだった。国民に対する義務が、彼に重くのしかかっているのは明らかだった。

「私、新しい部屋の住所を聞きに来たの」レーガンは笑みを浮かべて言った。

ケイナンはポケットから鍵を出してレーガンに渡した。〈新しいアパートメントはクイーンズ・キーにあるゴールデン・センターだよ。部屋番号は29Bだ〉

「ありがとう」レーガンは鍵をポケットに入れた。「午後にピーターが退院するの。クリスマスイブにね」

ケイナンはうなずいた。〈ああ。僕たちは何をすべきかな？〉

「どういう意味？」

〈お祝いするんじゃないのか？〉

「どうかしら」レーガンは笑った。「お祝いなんて考えてもみなかったわ。まずはピーターの部屋を整えるのが先で、それ以外のことは手が回らないわ」

〈いまから行くのかい？　一緒にタクシーで行こう。どっちにしろ、僕の警備チームは向こうに行っているし〉

「あなたを一人置いていったの？」

〈彼らは僕がここにいることを知らないんだ。まだ病院にいると思っている。行こうか？〉

「ええ。自分の部屋で仮眠をとるのもたまにはいいわ」

二人はラウンジを出て、フロント・ストリートへ向かった。雪はやんで、道路は除雪されたばかりだった。真夜中をとうに過ぎていても、高級ホテルの前にはタクシーが待機していた。

ケイナンはタクシーのドアを開け、レーガンを先に乗せた。そして運転手に行き先を伝えた。タクシーは閑散とした通りを進み、ほどなくして目的地に到着した。

その建物が目に入った瞬間、レーガンは口をあんぐりと開けた。ここの部屋がいくらするかは知っている。トロントへ戻ってきたばかりのころ、この建物はまだ建設中だった。レーガンは購入を検討したが、手が出なかった。

〈気に入ったかい？〉ケイナンが尋ねた。

「贅沢《ぜいたく》すぎるわ」レーガンはつぶやいた。

レーガンが支払いをして、二人はタクシーから降りた。ケイナンは正面玄関のドアを解錠し、ドアマンに手を振った。

二人はエレベーターに乗り、目的の階で降りると、廊下を進んだ。突き当たりに部屋が二つあった。一つがケイナン、もう一つがレーガンの部屋だ。

レーガンはドアを開けた。荷物はすべて運び込まれていた。前のアパートメントはここより狭かったので、あまり物を置いていなくても気にならなかった。でもいまは、自分の持ち物がどれほど少ないかがよくわかった。

ケイナンがついてくるよう手で合図をしてきたので、レーガンは彼に続いて別の部屋へ入った。ケイナンが照明をつけた。ベビーベッドや椅子、ほかのものもすべて準備が整った状態でおさまっていた。レーガンは感極まって泣きそうになり、思わず手で口を押さえた。

ここまでしてくれるなんて。こんなに親切にしてくれた人はいままでいなかった。両親は私のために骨を折ってはくれなかった。マイケルは父親のように接してくれるが、彼には自分の家庭がある。これまでレーガンが満たされていると感じたのは、イスラ・エルモサでケイナンといるときだった。

レーガンは、なぜ自分が抗《あらが》っているのかわからなくなった。私たちは家族になれる。

そこでかぶりを振った。家族になるって、どうやって?

〈大丈夫かい?〉ケイナンが尋ねた。

レーガンはうなずいた。「すばらしいわ。どうもありがとう」

ケイナンがレーガンの頬に触れた。そして彼女の手を取り、自分の胸に当てた。彼の瞳はとても優しげで、レーガンは自分を抑えられなかった。

彼と一緒にいたい。

あと一度だけでいい。ケイナンの腕に抱かれて、自分は安全なのだと感じたい。ほんのひとときでいいから外の世界を忘れたい。すべての恐れを掻《か》き消して、ケイナンといまを分かち合いたい。

レーガンはケイナンに近づき、彼に触れた。顔と首にある傷跡を指で辿《たど》る。彼は目を閉じた。レーガンはもう片方の手の下で、彼の鼓動が速まるのを感じた。ケイナンはレーガンに腕を回して抱き寄せた。

レーガンは目を閉じ、彼にキスをした。

言葉を交わさなくても、ケイナンはレーガンが考えていることを理解していた。彼女の求めるものを理解していた。

レーガンは考えたくなかった。彼に抱かれ、彼のキスに溺れていたかった。いまはただ感じたかった。

ケイナンはキスを深め、レーガンの体をドアに押しつけた。二人の体がぶつかる。

唇を離すと、ケイナンの瞳が欲望で光った。

「あなたが欲しい」レーガンはささやいた。

それ以上、言葉はいらなかった。

彼はレーガンを抱き上げ、寝室へ運んだ。広い寝室の中央にベッドがあり、きちんと整えてあった。窓を覆うものはないが、外は真っ暗だ。近くに建物がないので誰にも見られない。窓の外にあるのは冷たい湖と、吹きつける強風だけだった。


ケイナンはいま起きていることが信じられなかった。これこそ彼が求めているもの——欲しくてたまらなかったものだった。こんな気持ちにさせてくれるのはレーガンだけだ。

彼はレーガンの頬を手で包んだ。レーガンは彼のベルトを外していた。ケイナンは彼女の美しい茶色の瞳を覗《のぞ》き込み、ふっくらしたピンク色の唇を見つめた。

「欲しいのはあなただけよ、ケイナン。いますぐ欲しいの」

それだけで十分だった。窓の外の風のように、彼のたましいも荒れ狂っていた。レーガンを自分のものにするのだ。もう二度と彼女を離さない。後戻りはできない。

ケイナンはレーガンにキスをしてつぶやいた。

「避妊具がない」

「大丈夫」レーガンはケイナンのシャツのボタンを外した。「私はピルをのんでいるから、妊娠しないわ」

〈じゃあ、あのときはどうだったんだい？〉ケイナンはからかった。

「あのときはのんでいなかったの。状況がまったく違ったから」

彼は含み笑いをし、レーガンと額を合わせた。

「本当に……大丈夫かな」

「ええ。大丈夫よ。あなたが欲しいの、ケイナン」

レーガンはケイナンのシャツの前を開け、彼の胸板を撫《な》でた。そのシンプルな愛撫《あいぶ》がケイナンの欲望に火をつけた。彼女が欲しい。何度だって自分のものにしたい。理性はもう吹き飛んでしまった。

ケイナンはもう一度レーガンにキスをした。彼女の背中を撫でおろし、ヒップに手を置いて強く引き寄せる。二人の間に空間はいらなかった。

あらゆることがケイナンの頭を駆け巡る。レーガンに伝えたかったこと。離れてからもずっと彼女を想《おも》っていたこと。彼女と過ごした思い出のおかげで、たくさんのことを乗り越えられたこと。

「あなたが恋しかったわ」レーガンがささやく。ケイナンが喉から鎖骨へとキスの雨を降らせていくと、彼女は甘い悲鳴をもらした。ケイナンは彼女の鼓動が速まるのを唇で感じていた。

ケイナンはあまりの熱望に我を失いそうだった。このまま半分服を着た姿で、いますぐ彼女を自分のものにしてしまいそうだ。

「ケイナン……」レーガンはケイナンの背中に手を滑らせた。

ケイナンはもう待てなかった。二人はすばやく服を脱いだ。彼はレーガンのまとめ髪をほどいて指を差し入れた。二人を阻むものはもう何もなかった。

レーガンは愛撫でケイナンをからかい続けた。彼の首筋を撫で、胸から下へと指先を這《は》わせていく。下腹部に達すると手を広げ、彼の欲望のしるしを包み込んだ。

ケイナンはうなり声をあげた。

レーガンは含み笑いをし、今度は彼の首を噛《か》んだ。彼女の愛撫によって、ケイナンのあらゆる神経終末が目覚め、血が燃えたぎった。

彼はレーガンを引き離し、ベッドの上に押し倒した。

レーガンがヒップを浮かせた。ケイナンはレーガンの上へ移動し、瞳を見つめたまま頭を下げてキスをしながら、ゆっくりと彼女の中へ入った。

ケイナンの口からうなり声がもれた。レーガンはとてもきつく、熱を帯びている。いっきに達してしまわないよう、自制心を掻き集める。テントの中で体を重ねてから、本当に長い時間がたった。あれからほかの女性と寝たことはないし、そうしたいとも思わなかった。

欲しいのはレーガンだけだ。

彼は奥へと突き進み、動きを速めた。もう自分を抑えられなかった。レーガンのウエストをつかんでぐっと引き寄せ、根元までうずめる。こらえるのは大変だったが、まずは彼女に歓喜を味わわせたかった。まもなく、レーガンはケイナンの名前を叫んでのぼりつめ、内部で彼を強く締めつけた。

ケイナンも自分自身を解き放った。

すべてが終わると、ケイナンは仰向けになり息を整えようとしたが、すぐにレーガンを引き寄せた。

「ケイナン……」暗闇からレーガンの声が聞こえた。ケイナンと同じく荒い息遣いだった。

ケイナンは彼女の柔らかな肌を撫で、優しくキスをした。

「眠るんだ」かすれた声で言う。「僕はここにいる」

レーガンはにっこりほほ笑み、吐息をもらした。

すぐに彼女は眠りに落ちた。規則正しい寝息が聞こえてきて、ぐっすり眠ったのだとわかった。外で風がひゅうひゅうとうなっている。風の吹きすさぶ音はぞっとするが、ケイナンが震えることはなかった。レーガンの温かい体が押し当てられているからだ。

彼女は僕のものだ。

少なくとも今夜だけは——彼女は僕の后《きさき》だ。

11

朝の六時にアラームが鳴った。ケイナンは目覚めたとき、なぜそんな早い時間にアラームを設定したのか覚えていなかった。一日じゅうレーガンの腕の中でまどろんでいたかった。だがすぐに、今日がクリスマスイブで、ドクター・ショーのところへ行ってMRI検査を受けなければならないことを思い出した。

レーガンの腕をほどいて、そっとベッドから出る。

「どこへ行くの?」レーガンが小さな声で言い、照明をつけた。「外はまだ暗いわ」

〈病院だ〉

「ピーターに何かあったの?」彼女はぎょっとして

言った。

〈いや。僕のことだよ〉ケイナンは髪を掻《か》き上げた。

〈MRI検査を受けなきゃならないんだ。喉の瘢痕《はんこん》組織の癒着が増えているから〉

「そうなの。手術がさらに難しくなってしまうわね」

〈いつ手術を受けられるかわからないんだ〉ケイナンは手話でそう表し、脱ぎ捨てた服を着始めた。

「検査に付き添うわ」

彼は首を振った。〈君はピーターのところへ行かないとだめだ。今日退院するんだから。護衛と車を手配するよ。君たちがここへ無事に戻ってこられるようにね。チャイルドシートは持っているかい？〉

「ええ……子供部屋のクローゼットにあると思う」

ケイナンはうなずいた。〈僕なら大丈夫だ。何かあったらすぐに連絡すると約束する。今夜は家族でお祝いをしよう〉

「慌てて事を進める必要はないわ。声のない国王になったっていいじゃない。恥ずかしいことじゃない」

〈恥ずかしいわけじゃない。ただ答えが欲しいんだ。声を取り戻せるなら、僕はもう一度声を出して話したい。国民に向かって語りかけたい。僕は強い王となって国に戻らなければならないんだ〉ケイナンは着替えを終えた。〈心配いらない、レーガン。すべてうまくいく。今夜は料理を注文して、家族三人で初めてのクリスマスを祝おう〉

レーガンはほほ笑んだ。「あなたの警護チームの人たちを招待してもいいのよ。アンドレアスは家族だもの。彼は認めないかもしれないけれど、ピーターのおじなんだから」

〈説得してみるが、アンドレアスは礼節をわきまえることにこだわっている。僕の血も受け取ろうとしなかったぐらいだからね〉ケイナンはネクタイをまっすぐに直した。〈ＭＲＩ検査が終わったら会いに行くよ。もし、僕の検査が終わる前にピーターを連れて帰れた場合は、ここで会おう〉

「わかったわ……」

ケイナンがレーガンの部屋から出ると、杖《つえ》をついて足を引きずりながら歩いてくるアンドレアスとでくわした。

「陛下」アンドレアスは言い、頭を下げようとして顔を歪《ゆが》めた。

〈だめだ〉ケイナンはアンドレアスを制した。〈休んでいろ。病院にはディエゴに連れていってもらうから〉

「ＭＲＩ検査ですか？」

〈ああ〉

「私が一緒に行きます、陛下」

〈大丈夫だ。レーガンは隣の部屋にいる。どうしても仕事をしたいのなら彼女を見守っていてくれ〉

「夜をともにしたんですか？　彼女は王妃になることに同意を？」

〈いや、まだだ。休め、アンドレアス。これは命令だ〉

「ありがとうございます、陛下」

ケイナンはうなずき、下の階へおりた。待機していたディエゴが、黒い窓ガラスの車のドアを開けた。

まずはＭＲＩ検査を受け、そのあと大使館へ行こう。残された時間は少ない。手術を受ける前に、すべての手はずを整えておかなければならない。長いあいだ何もしなかった自分が腹立たしいが、これまでは手をつける勇気がなかったのだ。

いまはレーガンとピーターがいる。ケイナンは、長いあいだ感じていなかった何かを感じていた。それは希望だった。これまでだって、もし手術で命を落としたとしても、二人を守るつもりでいた。だがいまは、彼の中で勇気が芽生えていた。僕は戦う。

生き延びて息子と触れ合い、イスラ・エルモサへ戻り、国王となるのだ。

レーガンは葛藤していた。

昨夜はすばらしかった。ケイナンの腕に抱かれていると、自分がいるべき場所にいると感じられた。

心が揺れ動く。誰にも寄りかからず、自分だけを頼りにやっていくべきなのか、それともケイナンと家族になるべきなのか。

寝室に置かれた箱の中にタオルがあった。レーガンはバスルームへ行き、ぴかぴかのシャワー室ですばやく体を洗った。

バスルームを出ると、窓の外へ目をやった。荒れたオンタリオ湖は不穏な感じがして、ぞっとしてしまう。でも春や夏が来れば、クイーンズ・キーからトロント島へ向かうフェリーが見えるはず。

そう思うと笑みが浮かんだ。

トロント島にセンターヴィルという遊園地がある。そこにピーターを連れていくことを想像してみる。ピーターと一緒にあらゆる乗り物に乗って、浜辺を歩くことを。できそうなことをすべて思い描いてみる。でもいま頭に浮かぶのは、ピーターと自分の二人だけではなかった。そこにはケイナンがいた。

彼の妻になるのはそんなに悪いことかしら。

ピーターが心臓移植を受けたあとなら、イスラ・エルモサに引っ越せる。戦時下だったにもかかわらず、あそこで過ごした日々は楽しかった。海も熱い気候も、鬱蒼《うっそう》としたジャングルも気に入っていた。

ピーターが新しい心臓を手に入れれば、そのあとはトロントに残る理由はない。イスラ・エルモサにいても医療には携われる。むしろ可能性は広がるかもしれない。私はずっと、教える仕事に興味を持っていた。ひょっとしたらイスラ・エルモサで、未来の医者を育てることができるかもしれない。

私はすべてを手にできるの？　油断しちゃだめ。頼れるのは自分だけよ。

レーガンはその声を振り払った。だっていま、これまで感じたことがないものを感じていたから。それは愛だ。未来を築いていく場はカナダのオンタリオ州でなくても構わない。イスラ・エルモサでもいいはずだ。

ケイナンを失うわけにはいかない。彼を永遠に失ったと思ったとき、私は打ちのめされた。これは二度目のチャンスなのだ。

レーガンは急いで服を着ると、子供部屋のクローゼットからチャイルドシートを引っ張り出した。ピーターは退院してクリスマスを家で過ごせる。ケイナンもそばにいてくれる。

いつまでも怖がってはいられない。

与えられたチャンスを台無しにはしたくない。

レーガンは部屋を出て、ドアに鍵をかけた。すると隣のケイナンの部屋のドアが開き、アンドレアスが足を引きずって出てきた。

「アンドレアス！　退院したの？」

アンドレアスは振り向いてほほ笑んだ。「ええ、ドクター・コート。いまはもう大丈夫です」

「休んでいないとだめよ。どこへ行くの？」

「外へ。食料がないので」

「注文すればいいわ」

アンドレアスは息をついた。「病院に行って、陛下の様子も見てこないと」

「ほかの人が護衛しているんじゃないの？」

「私が行かなければならないんです」アンドレアスは顔を歪めた。

「休まなきゃだめよ。でも今夜はうちに来て、一緒に夕食を食べましょう。あなたは家族ですもの」

「えっ？」

「ケイナンが教えてくれたの、あなたは彼の異母きようだいだって」

アンドレアスは顔をしかめた。「言わないでほしかったですね」

「ケイナンはあなたのことを大事に思っているわ」

「私も陛下を大事に思っています」

「じゃあ、うちへ来て一緒にお祝いしましょう」

「いいえ、それは不適切です。祝うことなんて何もありません。手術はリスクが高すぎるんです。もし陛下が亡くなったら、王位継承者もいないままになってしまう」

「確かにリスクのある手術だけど、でも……」

「命を落とす可能性が高いんです」

レーガンの心臓が波打った。「なんですって？」

「瘢痕組織が広範囲に広がっていて……」

「ケイナンは死ぬかもしれないの？」

アンドレアスはうなずいた。「ですが、もしあなたが陛下と結婚すれば、ご子息が王になれます」

レーガンの心が沈んだ。だからケイナンは私と結婚したがったのだ。何度も結婚しようと言ってきたのは、それが理由だった。私のことを大事に思っているからじゃない。王位継承者が欲しかっただけ。命が助からなくても、王国を維持できるようにしておきたかっただけ。彼は結局のところ、私とピーターを置いていくつもりなのだ。そして私に、望んでもいない生活を与えるつもりなのだ。

もし私がピーターを産んでいなかったら、ケイナンは私のことなんて気にもしなかっただろう。

あなたは間違った相手に心を開いてしまったのよ、レーガン。いつだってそう。自業自得よ。

レーガンは何も言わず、くるりと向きを変えて歩き出した。

ケイナンは私のことも、ピーターのことも、心からは思いやってなどいなかった。私たちは彼にとって、祖国を守るため、そして王位を維持するための手段でしかなかった。

　心が痛い。

　昨夜の情熱的な交わりも、彼にとっては策略の一部でしかなかったの？

　レーガンはエレベーターのボタンを強く叩《たた》いた。

　なぜ私は、彼のことを信じられると思ってしまったの？

　タクシーを拾って乗り込む。ケイナンに会って、どうするつもりなのか自分でもわからなかった。でも一つだけ確かなことがある。何があっても私は結婚しないわ。

　絶対に。

12

　ＭＲＩ検査を受けたあと、十二月二十六日の午前に手術を受けることが決まった。瘢痕《はんこん》組織はいまやケイナンの気道を塞ぎ、呼吸困難を引き起こす可能性がある。ケイナンはさきほどまで、ドクター・シヨーに酸素マスクを装着させられていた。呼吸は苦しくなるばかりで、頭がくらくらする。

　早くすませてしまわなければ。

　手術の予約を取るとすぐに大使館へ行き、代理人たちに手術で命を落とす可能性があることを伝えた。

　国王が絶対的な支配力を手放すときが来た。ケイナンはそう判断していた。いまこそ強大な権力の座から退くべきだ。そうすれば、かりに僕が命を落としても、ピーターが僕と同じ目にあわないですむ。自由を奪われないですむ。

僕は名目上の君主として、国民に尽くすことができる。だがそのためには国民が自ら主権を持ち、それを行使できるようにしなければならない。それを実現させるために、僕の代理人がじきにカナダ政府と調整に入ることになる。

ケイナンは肩から重荷がおろされた気分だった。自由を感じていた。

僕はいまも国王だが、これまでとは状況が違う。これが、国民に尽くすための僕なりのやり方だ。国民は選挙で首相を選ぶことができるようになる。民主化が実現するのだ。

そして僕は、権力を手にした人間がそれを乱用して政治が腐敗しないよう、名目上の君主として目を光らせるのだ。

ケイナンは病院に戻ると、すぐにピーターの病室へ行った。だが、そこには誰もいなかった。

病室に看護師が入ってきた。「ドクター・ラスカリス、二人は二十分ほど前にここを出ましたよ。もうおうちに着いているんじゃないでしょうか」

ケイナンは安堵《あんど》のため息をもらすと、ありがとうとつぶやいて、急いで病室を出た。携帯電話でディエゴにメッセージを打ち込んでいると、アンドレアスがおぼつかない足取りでやってきた。

「陛下」アンドレアスは不安げな顔だった。

〈何事だ？〉ケイナンは尋ねた。

「ドクター・コートのことです。彼女に知られてしまいました。あなたの手術の危険性について」

ケイナンのみぞおちが岩のように重くなった。

〈なぜだ？　マスコミが突き止めたのか？〉

アンドレアスは首を振った。「私が言ったのです」

〈なんだって？〉

「そうしなければならなかったのです。彼女のアパートメントに侵入したのも私です」

〈なぜそんなことを？〉

「彼女にあなたと一緒になってほしかったのです。

私は祖国を守りたかった。あなたとあなたのご子息が、生まれながらに持っている権利を守りたかった」

ケイナンは罵り言葉をつぶやいて顔をこすった。

〈なんてことをしてくれたんだ、アンドレアス。おまえのせいですべてがめちゃくちゃになった〉

「なぜです？　彼女はやっと事実を知ったんですよ」

〈僕から彼女に伝えるつもりだった。同時に、もう王政が存在しないことも言うつもりだったんだ〉

アンドレアスは混乱していた。「どういうことなのか……」

〈僕は民主制をつくるつもりだ、アンドレアス。僕がこれからも王であることは変わらないが、あくまで名目上の王だ。僕は国民が自らの手でイスラ・エルモサを再建できるようにしたい。国民は選挙で首相や役人を選べるようになる。今後は王ではなく、イスラ・エルモサの民が国を治めるんだ〉

アンドレアスは目をぱちぱちさせ、申し訳なさそうにお辞儀をした。「陛下、あなたを見くびって申し訳ありませんでした」

ケイナンはため息をついて、アンドレアスの肩をつかんだ。〈いいんだ。僕はただ、レーガンを取り戻せることを願うよ。僕はいまでも彼女を妃《きさき》にしたい。だがあくまで、彼女がそれを望んでくれたらの話だ。そして、いつかピーターに跡を継いでほしいが――ピーターに義務はない。いやなら継がなくてもいいんだ。イスラ・エルモサには人民による政府が誕生するのだから〉

「それを聞けて嬉《うれ》しいです、陛下」

二人は一緒に病院を出た。

ディエゴが病院の前で車をとめて待っていた。アンドレアスの体を支えて乗せてから、ケイナンも乗り込んだ。

アパートメントに到着し、エレベーターで目的の階に着く。廊下を進むと鍵屋とすれ違い、ドアの前に立っているレーガンが目に入った。腕を組み、怒りに満ちた顔をしている。

ケイナンは手話を始めた。〈説明させてくれ〉

「結構よ」レーガンは言った。「アンドレアスに全部聞いたから」

〈全部ではないよ〉

「あなたが私と結婚したいのは、ピーターを跡継ぎにして、もしあなたが死んだときにあの子が国王になれるようにしたいからだって。事実かしら。それともほかにも何かあるの？」

〈僕はすべてを変えたんだ。僕はピーターを王にするために、君と結婚する必要はない〉

レーガンはよろめいてみせた。「それはありがたいわ」

〈レーガン、僕は民主制をつくるつもりだ。僕はこれからは名目上の国王になる〉

レーガンは何も言わなかった。

〈ピーターは僕たちが結婚しなくても王になれる。だが、あくまでも名目上の国王だ。イスラ・エルモサは民主主義国になる。民主制が旧態依然の君主制に取って代わるんだ。大使館や祖国にいる役人たちが、カナダとイギリスの首相と連携して準備を進めている。これからは平和がやってくるんだ〉

「平和になるのは嬉しいわ。でも、あなたは私に嘘《うそ》をついた。私を守りたいから結婚したいんだってずっと言っていたわ」

〈そうだ〉

レーガンの瞳は涙できらめいていた。「それが問題なのよ。私はもう守ってもらう必要はない。あなたは自由なんだもの。あなたに私は必要ないわ」

〈レーガン。僕はいまだって君を守りたい〉

「あなたを信じたいわ、ケイナン。心から。でも、あなたは最初から私に嘘をついていた。再会したあとも国王だって教えてくれなかった。離れているあいだ、私に連絡をして生きていると教えてくれてもよかったのに、そうしなかった。私はずっとあなたが死んだと思っていたのに、連絡もくれなかった」

〈生きていると伝えることはできなかったんだ。僕は身を隠していたから。それに、君がカナダのどこにいるのかもわからなかった〉

「あなたはリスクのある手術だとは言ったけれど、そのリスクがどれほど高いかは教えてくれなかった。どうして嘘をつかなければならなかったの？」

〈君を守りたかったからだ〉

「信じられないわ。あなたは私の信頼を裏切った。私はすごく傷ついたわ。あなたがピーターの人生に関わるのは歓迎だけど、もしあなたがピーターをカナダから――私のもとから連れ去ろうとしたら、私はあなたと戦うわ」

〈レーガン、頼むから僕に背を向けないでくれ〉

とはいえ、ケイナンはレーガンを責められなかった。そして彼は、言いたいことを手話で伝えることもできなかった。ちゃんと声に出して言いたかったからだ。自分の言葉で、彼女に愛していると伝えたかった。

〈君が必要なんだ、レーガン。僕の人生には君が必要だ〉

レーガンはため息をついた。頬を涙が伝っていく。

「あなたを信じたいわ、本当に。信じることができたらどんなにいいかしら」

彼女は背を向けて自分の部屋に入り、ドアをぴしゃりと閉め、人生からケイナンを締め出した。

ピーターにとって初めてのクリスマスを、自分とピーターだけで過ごすのはつらかった。ケイナンも一緒にお祝いするつもりでいたから、なおさらつらい。

あのクリスマスイブの日以来、レーガンはケイナンに会っていなかった。

クリスマスが終わり、今日はボクシングデーだ。レーガンは隣の部屋に行ってケイナンと話をすべきかどうか考えていた。私は彼にきつく当たりすぎたのかもしれない。彼にはピーターの人生に関わってほしい。でも、それだけだ。彼が病院にいるあいだは一緒に働くし、ピーターの世話についても協力するけれど、それ以上の関係にはならない。

もう二度と、彼に心を捧《ささ》げそうになってはいけない。

そのとき携帯電話が鳴り、レーガンは応答した。

「レーガン。マイケルだ」

「マイケル？　どうしたの？」

「全米臓器配分ネットワーク《UNOS》から電話があった。適合する心臓が見つかったんだ。チームをオタワまで受け取りに行かせたよ。君はすぐにピーターを病院へ連れてきてほしい」

レーガンの心臓が早鐘を打った。

そんなにすぐ？

家に連れて帰ってきたばかりなのに。

「すぐに行くわ。ありがとう、マイケル」

レーガンは電話を切った。ベビーモニターから、ピーターがベッドの上で動いている音が聞こえる。

彼女はベビーモニターをつかんで部屋を出て、ケイナンの部屋へ行った。ドアをノックする。パニックが襲ってくるのがわかる。

ドアを開けたのはディエゴだった。「ドクター・コート？」

「ケイナンはいる？」

「いいえ。今朝早くにアンドレアスと病院へ行きました。手術を受けるために」

「手術？　そうなの……今日だったのね」

世界がぐるぐると回り始める。ピーターとケイナンが同じ日に手術を受けるなんて。私は二人を同時に失うかもしれないのだ。

「大丈夫ですか、ドクター・コート？」

「病院まで乗せてもらってもいい？　ピーターに適合する心臓が見つかったのよ」

「もちろんです。十分後に下で会いましょう」

レーガンはうなずいて自分の部屋へ戻った。すぐにピーターのそばに行く。ピーターはレーガンが部屋に入ってくるとほほ笑んだ。

「かわいい坊や」レーガンは慎重にピーターを抱き上げ、しっかりと抱き締めた。

この子を抱き締めるのが、これで最後だとしたら？　移植手術で命を落としてしまったら？

いまは医者の視点でものを見ることはできなかった。母親の見方しかできない。失うかもしれないもののことを考えて、恐怖におびえる母親にしかなれない。

ケイナンも手術を受けるのだ。

私は二人を同時に失うかもしれない。

正しいことをしなくては。

レーガンはピーターのおでこにキスをした。「あなたのために正しいことをする。誓うわ」

補助人工心臓の駆動装置を移動させ、持ち運びのできるチャイルドシートにピーターを乗せて毛布をかけた。必要なものをすべて用意し、慌ててアパートメントを出た。

ケイナンは手術を受ける準備をしていた。レーガンに会いたかった。ピーターに適合する心臓が見つかったと耳にしたからだ。

ちくしょう。

彼はベッドからおりた。

「陛下？」アンドレアスがぎょっとした。

〈手術までには戻るとドクター・ショーに伝えてくれ。僕はレーガンとピーターに会わなければならない〉

アンドレアスはうなずいた。「かしこまりました、陛下」

ケイナンは服を着て病室を出た。喉が締めつけられ、脈が激しく打っている。咳払《せきばら》いをして肩を回した。レーガンに拒絶されてから、ますます呼吸がしづらくなっている。

彼女は僕の空気だった。僕の自由だった。僕には彼女が必要だ。

小児病棟へ行くと、ピーターの手術の準備が行われていた。ケイナンの耳に、ピーターの泣き声が届いた。

力強い声だった。

レーガンが振り返り、表情を和らげた。ケイナンは彼女を抱き締めたかったが、拒絶されたらと思うとできなかった。

「ここで何をしているの？」レーガンは尋ねた。

〈僕はこの子の父親だよ〉ケイナンは手話で伝えた。

「わかっているわ。でも、あなたは自分の手術の準備があると思っていたから」

〈誰から聞いたんだ？〉

「ディエゴよ。あなた、手術を受けるの？」

〈もちろんだ〉

「死ぬかもしれないのよ」レーガンは何かをこらえるように唇を噛《か》んだ。「単なる名目上の王になるのであれば、今回の手術は必要ないわ。瘢痕組織を切除したいだけなら、もっとリスクの低い手術だってある」

〈知っているよ〉

「ケイナン、危険が大きすぎるわ」

彼はうなずいた。〈ピーターの手術だってそうだ〉

二人はピーターのほうを向いた。ストレッチャーが運び込まれ、小児循環器専門医のドクター・ブルーニが入ってきた。

「レーガン、ケイナン」ドクター・ブルーニは二人に向かってうなずいた。「心臓はいま空港から搬送中だ。これからピーターを手術室へ運び……二人とも手順はわかっているね。手術後はしばらく小児集中治療室に入る。そして一生涯、免疫抑制薬を服用しなければならない」

レーガンは首を縦に振った。ケイナンは全身の感覚がなくなった。

レーガンはピーターに近づいてキスをした。

ケイナンもピーターのほうへ進み出た。

彼は息子の頭に触れ、キスをした。愛していると は言えなかった。それを言う声を持っていない。でも、ピーターにわかってほしいと思った。愛していることを。

ピーターを失うわけにはいかない。僕はピーターとともに過ごす時間が欲しい。子供は親より先に死ぬべきじゃない。

人生は複雑で、混沌《こんとん》としている――それをピーターにも経験してほしかった。

ケイナンは後ろに下がった。ピーターはストレッチャーで運ばれていった。

レーガンは手で顔を覆い、肩を震わせて泣いた。ケイナンが腕を回すと、レーガンは彼にしがみついた。

「ごめんなさい」レーガンは小さな声で言った。「本当にごめんなさい」

顔を上げた彼女に、ケイナンは手話で尋ねた。〈何を謝っているんだ?〉

「あなたを拒絶したことよ。私はあなたに説明する機会を与えなかった。とてつもない重荷を背負っていたあなたをもっと思いやるべきだったわ。重荷を背負うのがどんなにつらいかわかっていたはずなのに。ごめんなさい。私は怖かったの」

〈何が怖かったんだ？〉

「あなたに依存すること、そしてあなたを失うことよ。私はこれまでずっと孤独だった。愛を手に入れたことも……家族を持ったこともなかったの。本当の意味ではね」

〈僕もだ〉

「私を思いやってくれたのはあなただけ」

〈君の気持ちはわかるよ。僕は幼いころから、頼りにできる人や守ってくれる人たちに囲まれていたけれど、心はずっと孤独だった。僕も、君に依存するのが怖かったんだ。レーガン、僕は……〉

喉が締めつけられ、ケイナンはレーガンの頬に触れた。部屋がぐるぐると回り始め、視点を定めようとかぶりを振った。

息ができなくなってきた。

大声で助けを呼ぶこともできない。

何が起きているのかレーガンに伝えることもできない。

「ケイナン？」レーガンはぎょっとしていた。

愛しているよ。それが、視界が暗くなる前に心に浮かんだ言葉だった。

ケイナンが気を失い、膝からくずおれた。レーガンは悲鳴をあげ、彼を床に横たわらせた。呼吸音が聞こえない。レーガンは壁の緊急ボタンを押し、ケイナンの胸を強く圧迫し始めた。

呼吸がとまっている。

彼を失うわけにはいかない。

愛していると伝えることもできなかった。まだ伝えていないことがたくさんある。彼を許すこと。ともに生きていけるよう、努力したいと思っていること。重荷を背負うのにうんざりしていること。一人ですべてを引き受けなくていいとわかったこと。

誰かに寄りかかったっていい。それが愛する人ならなおさらだ。

蘇生《そせい》チームがやってきた。彼らはケイナンの喉にチューブを挿入して酸素投与を始めた。

レーガンは後ろへ下がらなければならなかった。

蘇生チームが急いでケイナンを手術室へと運んでいく。

「彼を失うわけにはいかない」レーガンは自分自身に向かって、大きな声で言った。「私は一度彼を失った。もう同じ思いを味わうのはごめんだわ」

そのとき、レーガンは自分に誓った。もしケイナンが手術を生き延びられたら、私は今度こそ正しいことをしよう。

私にはケイナンが必要だ。彼を愛している。

私はずっと、人を頼ってはいけないと教えられてきた。でも、私はケイナンを必要としているし、彼も私を必要としている。

今度こそは、チャンスを逃したりしない。


ケイナンが最初に感じたのは痛みだった。喉がかみそりで切り刻まれたかのように激しく痛む。口の中はからからに渇いていた。

少したって、やっと記憶がよみがえってきた。ピーターが手術室へ運ばれたあと、レーガンと二人でいるときに意識を失ったのだ。

上体を起こそうとしたが、体が痛い。

「起きちゃだめよ」レーガンの優しい声が聞こえた。

目を開けたケイナンは、レーガンを見てほほ笑んだ。何があったのかと手話で尋ねる。

「瘢痕組織が気道を塞いでいたの。ドクター・ショーがすべて取り除いて、声帯を修復してくれたわ。

とはいえ、声を出せるようになるまでは数日かかるみたい。もうしばらく集中治療室にいてもらうわ」

〈ピーターは?〉

レーガンはにっこりした。「手術を乗り切ったわ。経過は良好で、いまは小児集中治療室にいる」

ケイナンは安堵のため息をついた。〈会いに行きたいな〉

「会えるわ。でも、あなたはいま鎮静から覚めようとしているところなの。手術のあと、まずは休んでほしいと、ドクター・ショーが鎮静薬を投与したの」

〈今日は何日だ?〉

「二十九日よ。もうすぐ新年だし、イスラ・エルモ・サでの体制移行の段取りもついたわ。あなたの戴冠式は延期になり、初代首相を選ぶ選挙が行われる予定よ」

〈みんなに面倒をかけて申し訳なく思うよ〉

レーガンはケイナンの顔に触れた。「そうね、わかるわ。私も、あなたにチャンスを与えなかったことを申し訳なく思っているの。私、人に寄りかかるのがすごく怖かったのよ。長いあいだ自分だけを頼りに生きてきたから」

〈謝る必要はない〉

「いいえ、あるわ。私、あなたが死んだと思って打ちのめされていたの。まるで親友を、パートナーを失ったみたいだった。そしてあなたが再び現れ――再会してからのあなたは、とてもよそよそしかった。つらかったわ。私は傷つくリスクを冒したくなかった。ピーターのこともあって、自分の気持ちもよくわからなかった」

〈謝るのは僕のほうだ。僕は君を独りぼっちにして、連絡しようともしなかった。君は一人でピーターを産み、あの子の体が深刻な状態だとわかっても、一人で乗り越えてきた。僕がそばにいるべきだったの

に。僕は君を失望させたと思ったよ。かつて、兄を失望させたように〉

「あなたはお兄様を失望させてなどいないわ。彼のほうが、あなたと国民を失望させたのよ」

ケイナンはかぶりを振った。〈僕はもっと必死に兄をとめるべきだった。もっとできることがあったはずなんだ。そしてもし、なんとか兄の暴走を食い止めることができていたなら——戦争は起きなかったかもしれない。失われずにすんだ命があったかもしれない〉

「どんなことでも起きる理由があるのよ。あなたはお兄様のお目付役だったわけじゃない。それでもできるかぎりのことをしたんでしょう」

〈すまなかった、レーガン。君を騙《だま》して、独りぼっちにしてすまなかった。僕は何よりも君を愛している〉

レーガンはかがんでケイナンにキスをした。「私も愛しているわ。それに、いまも結婚の申し出が有効なら、あなたの妻になりたいわ」

ケイナンはにっこりした。〈いつだって有効だよ。でも、本当にいいのか？　僕はいずれイスラ・エルモサへ戻らなければならない。君のふるさとはここトロントだろう〉

「あなたとピーターがいれば、そこが私の家よ。ほかには何もいらない」二人はもう一度キスをした。

「すごく愛しているわ、ケイナン」

「僕もだ」ケイナンはささやいた。

エピローグ

二年後の大みそか　イスラ・エルモサ

「そろそろ時間です」部屋に入ってきたアンドレアスが頭を下げて言った。

ケイナンは速まる鼓動を感じながら、式典用の軍服を撫《な》でおろした。伝統的な赤いジャケットは、かつて父が着用していたものだ。

「あなたならできるわ」

ケイナンはレーガンを見てほほ笑んだ。レーガンは白いドレスを着ていた。ケイナンの母のティアラと、戦時中は秘密の場所に保管されていた宝石も身につけている。

ケイナンは息をついてうなずいた。

今日、ケイナンはイスラ・エルモサに戻って以来、初めて議会の開会式で演説を行う。彼は帰国したあとレーガンと結婚し、息子のピーターの存在を世界に知らせた。国民に向けた短い演説はすませていたが、修復された宮殿につくられた新しい議場で演説をするのは今回が初めてだ。

いま、ケイナンは母が使っていた部屋で着替えをしている。

彼は現在、レーガンとピーターとともに海辺のヴィラに住んでいる。首都ヘリシア郊外にある、母の別荘だった場所だ。

帰国してからの一年は、自分とピーターの療養を優先させ、公の場には出ないようにしていた。手術は成功したものの、きちんと話せるようになるまでには時間を要した。いまもときどき、ちゃんと声が出るか不安になる。

レーガンはケイナンの手を強く握った。「あなたの声は力強いわ。できるわよ」

「もう伝えたかな……」ケイナンは言った。「君がどれほど美しいか」

レーガンは頰を染めた。「私を褒めても無駄よ。今日は演説をしなくていいなんて、そんな甘いことは言わないから」

ケイナンはくすりと笑いをもらし、腕を差し出した。「君のほうはどうだい？　議会で演説する僕を隣で見守る準備はできているかな」

「いいえ」レーガンはぎこちなく笑って、ケイナンの腕に腕を滑り込ませた。「何かへまをしてしまいそうで怖いわ。町の無料診療所にいるほうがずっといい」

ケイナンはにっこりした。「君は警護チームの手を焼かせているね。君が診療所で働いているあいだ、アンドレアスは必死でディエゴをなだめている」

「なぜ？　診療所は安全だわ。私は外科医なのよ、ケイナン。あなた私に、仕事を続けていいって言ったじゃない。私は宮殿も戴冠宝器もいらない。ただ仕事がしたいのよ」

「欲しいのは仕事だけかい」ケイナンはからかった。「海辺の家や息子はいらないのかな？」

「もちろんいるわよ。それに、もう一つ必要なものがあるわ」

「それは何かな？」

「あなたよ」

レーガンはケイナンにキスをした。羽のように軽いキスだったが、ケイナンを燃え上がらせるには十分だった。

「ディエゴは君が診療所で働くことに難色を示している」

「なぜなの？」

「彼は血を見るのが苦手なんだ」

「だったら、そういうときは部屋を出ればいいわ」

ケイナンは首を振った。「彼は王妃に仕える身だよ。そんなことはできない」

アンドレアスが再びドアを開けた。

ケイナンはピーターの手を取った。ピーターははしゃぎ声をあげ、ケイナンとレーガンに笑いかけた。ケイナンの緊張がいっきに解けた。

ピーターの中に、ケイナンは自分自身とレーガンを見ていた。ピーターはレーガンの気骨を受け継いでいる。そしてその気骨は、ケイナンに母親を思い出させた。

ピーターは日に日にたくましくなっており、イスラ・エルモサでの彼らの生活はますますすばらしいものになっている。平穏な暮らしを送るのに、海辺のヴィラはぴったりの場所だった。

「陛下」アンドレアスが誇らしげに呼びかけた。

「モンテロ首相がお待ちです」

「準備はできている」ケイナンは言った。

今回はアレハンドロ・モンテロが選挙で選ばれ、初代首相に就任して以来、ケイナンにとって初めての演説になる。

レーガンはケイナンの腕をぎゅっとつかんだ。

ケイナンはレーガンのためにドアを開け、正装用の剣に当てていた手をおろして、息子のまるまるとした手をつかんだ。

「王室の作法に反しているわよ」レーガンはささやいた。

「いまとなっては構わないさ」ケイナンも小さな声で言った。

二人はほほ笑み合った。

三人は並んで両開きの扉へと向かっていく。扉の向こうには、イスラ・エルモサの議員全員と記者たちがいる。国民だけでなく、世界がこの瞬間を見守っているのだ。

両開きの扉が開く前にケイナンはレーガンのほうを向いた。レーガンはケイナンの腕を放してピーターを抱いた。ケイナンはまず、一人で入っていかなければならない。

「君がいなければやり遂げられなかった」彼はレーガンの頬に触れた。

「私がいなくても、手術で声を取り戻せていたはずよ」

「わかっている。だけど、僕が生きているのは君のおかげだ。君とピーターが僕に生きる理由を与えてくれた。愛しているよ」

レーガンの瞳が涙できらめいた。「私も愛しているわ」

「僕も！」ピーターが言った。

ケイナンは笑い声をあげて、息子の髪をくしゃくしゃにした。そしてアンドレアスのほうを向いてうなずいた。「準備ができた。開けてくれ」

アンドレアスは笑みをたたえ、扉を開けた。

まぶしい照明にケイナンの目がかすんだ。

「国王陛下ケイナン一世のお出ましです！」

いっせいに椅子が引かれて全員が立ち上がる。

ケイナンは剣の柄を握り締め、扉の向こうへ一歩進んだ。かつては父の王座の間だったその部屋は、イスラ・エルモサの民主制の拠点となった。

これは、使命を果たすための第一歩だ。

国王としてだけでなく、父として、夫として負った使命を。

声を取り戻した男として負った使命を。僕は声を失い、そして取り戻した。レーガンとピーターがいなければできなかった。

もう後戻りはできないし、するつもりもない。レーガンのおかげだ。

彼女がそばにいれば、なんだってできる。

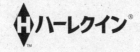

声なき王の秘密の世継ぎ
2024年9月5日発行

著　　者	エイミー・ラッタン
訳　　者	松島なお子（まつしま　なおこ）
発 行 人	鈴木幸辰
発 行 所	株式会社ハーパーコリンズ・ジャパン 東京都千代田区大手町 1-5-1 電話 04-2951-2000（注文） 0570-008091（読者サービス係）
印刷・製本	大日本印刷株式会社 東京都新宿区市谷加賀町 1-1-1
表紙写真	© Sergio Lima ｜ Dreamstime.com

ISBN978-4-596-77723-2 C0297

ハーレクイン・シリーズ 9月5日刊 発売中

ハーレクイン・ロマンス

愛の激しさを知る

黄金の獅子は天使を望む	アマンダ・チネッリ／児玉みずうみ 訳	R-3901
嵐の夜が授けた愛し子 《純潔のシンデレラ》	ナタリー・アンダーソン／飯塚あい 訳	R-3902
裏切りのゆくえ 《伝説の名作選》	サラ・モーガン／木内重子 訳	R-3903
愛を宿したウエイトレス 《伝説の名作選》	シャロン・ケンドリック／中村美穂 訳	R-3904

ハーレクイン・イマージュ

ピュアな思いに満たされる

声なき王の秘密の世継ぎ	エイミー・ラッタン／松島なお子 訳	I-2817
禁じられた結婚 《至福の名作選》	スーザン・フォックス／飯田冊子 訳	I-2818

ハーレクイン・マスターピース

世界に愛された作家たち
～永久不滅の銘作コレクション～

伯爵夫人の条件 《特選ペニー・ジョーダン》	ペニー・ジョーダン／井上京子 訳	MP-101

ハーレクイン・ヒストリカル・スペシャル

華やかなりし時代へ誘う

公爵の花嫁になれない家庭教師	エレノア・ウェブスター／深山ちひろ 訳	PHS-334
忘れられた婚約者	アニー・バロウズ／佐野　晶 訳	PHS-335

ハーレクイン・プレゼンツ作家シリーズ別冊

魅惑のテーマが光る
極上セレクション

カサノヴァの素顔	ミランダ・リー／片山真紀 訳	PB-392

※予告なく発売日・刊行タイトルが変更になる場合がございます。ご了承ください。